TRUTH

初心村的偵探事務所

那天，他失去了心

曾拍動／著

omnibook 博識出版

目次

楔子

FATHER挖心事件

「也就是說，你的父親在密室裡死亡，而死因則是胸口心臟處被開了一個大洞？心臟開了一個洞……心洞……心動動……難怪這個案子會讓我這麼心動。呵呵呵。」

「……蛤？」

在我描述完四年前，也就是帝國曆五百一十八年，那個臭老爸死去的現場後，眼前的男人自言自語著，其中還夾雜了某種我無法理解的語言。

他穿著新手冒險者常穿的輕甲，外頭卻套了件設計前衛的大衣。一只時髦的單邊眼鏡遮住了他的右眼。這身穿著讓他看起來跟村子裡的其他冒險者截然不同。

這也難怪，畢竟他是從異世界轉生到瑪基歐魯斯的偵探——夏駱可。

「心洞……心動，就是……你懂得嘛，諧音笑話……啊對吼！這裡是異世界，你聽不懂中文……啊我又來了……哇好丟臉啊！如果有個洞的話，真想把看到這一幕的人都埋進去……」

夏駱可一邊說著，一邊露出僵硬尷尬的笑容。即使身分地位已與以前大不相同，他還是沒變，一樣嘻皮笑臉又白目地說著沒人聽得懂的笑話。這讓我有點火大，為什麼我要在這裡浪費時間，聽偵探說些不好笑的爛笑話。

反正我也不指望那案子還能查出什麼結果。

就算是馬爾叔叔強力推薦、全國唯一的「偵探」，也只能靠說笑來掩飾自己對真相毫無頭緒。

「萊昂！你就放心好了！」夏駱可說：「你父親的事，看是要賭上爺爺還是叔公舅公的名譽都行，我一定會查個水落石出。」

「沒關係的，夏駱可，如果查不出來就算了。我知道這件案子很詭異，也早就不抱希望了。其實我一點也不在意臭老爸是怎麼死的。」

沒錯，我早就不打算繼續在這件事上浪費心力。

「是這樣嗎？」夏駱可說：「如果覺得放棄比較好，你隨時可以終止調查……」

還是放棄吧。

我早就不在乎了不是嗎？

「那……那……」

可是，「我決定終止調查」這句話卻卡在喉嚨，吞不下去也吐不出來。

可惡！真是氣死人了！我到底怎麼了？

「但是！」夏駱可突然一聲高喊，「調查才剛剛開始，現在就放棄，未免言之過早。放心交給我吧，我可是全國唯一的偵探。找出真相、幫助困惑的人，是我來到這世界的使命。」

夏駱可信誓旦旦地這麼說。

但畢竟已經是四年前的事了。過了這麼久，原本就撲朔迷離的案情，經過時間的風化，肯定變得更加棘手了吧。

至於我為什麼在放棄追查真相多年後，又找人來調查呢？

這還得從那天早上說起。

第一章

去問偵探吧

1

「不──想──上──班──啊！」

早上八點，在一聲劃破天際的吶喊中，我拖著灌了鉛似的沉重身體下了床，一如既往地，為九點要開門的仲介所做準備。

我是「初心村簡易任務仲介所」第二代所長。

在這名為「瑪基歐魯斯」的魔法世界，人類分為兩種：一般人與冒險者。

一切的開端，要從五百多年前的魔族入侵開始說起。

大約五百五十年前，擁有強大魔力與堅韌肉體的魔族，開始組織性地來到這個世界，掠奪人類的土地、資源、生命。

先天無法使用魔法的人類，以箭矢、長矛，甚至最精銳的火器都無力抵擋。走投無路的人類，只好尋求神的幫助。於是神賦予了部分人類能使用魔法的力量，擁有這種力量的人，被稱為冒險者。

原本幾乎覆亡的帝國，因冒險者們的奮戰得以重建。

時至今日，仍有許多人類接受力量，成為冒險者。其中的一部分繼續替帝國作戰，抵禦魔族入侵。另一部分的冒險者則加入公會，透過解任務賺取金錢和經驗值維生。

至於我的工作內容，就是替想接簡易任務的冒險者找到任務，以及替提出任務委託的一般人找到冒險者。

我推開仲介所的大門。沉重的鐵門發出金屬摩擦的聲音。

今天罕見地，開門沒幾分鐘，就有冒險者上門，真是不得清閒。

「您好，歡迎光臨初心村簡易任務仲介所。我沒有見過您呢。您是第一次來嗎？」我強迫自己拿出顧客至上的服務態度，戴上禮貌的面具這麼問道。

「沒錯。其實我不是初心村的冒險者，我是隔壁村，納維斯村的。」客人回答。

「納維斯村啊，有點距離呢，真是辛苦了。來，請坐，桌上的小蛋糕是免費招待的，儘管拿，沒關係。」

「那我就不客氣啦！真好，還沒吃早餐呢。」

「客人怎麼會大老遠跑到我們這兒來找任務呢？」

其實我心裡想說的是，怎麼不回自己的村子去，讓我可以有個悠閒的早晨。

「沒辦法，我的等級低，又一直升不上去，納維斯公會已經快半年沒有我這個等級能接的一般任務了。為了不讓自己餓死，只好接些空有報酬卻沒有經驗值的簡易任務過日子。

「原本還算過得去，但誰知道，納維斯村的簡易任務仲介所，居然也不事先通知，就突然給我休息一個月。聽說所長帶著全部員工旅遊去了。真夠不負責任的，我要是一個月沒任務接，就真的得上街乞討了啊！」

「真是太過分了！」

「對啊，你也這麼認為吧。居然放下我們這種幾天不接任務就會餓死的可憐冒險者，自己逍遙去了。」

「太過分了！我也想出去玩啊！怎麼不跟我們協商一下，辦個聯合員工旅遊之類的，這樣攤下來，旅費應該也比較便宜。」

原本我想將這段話藏在心裡，但由於剛起床，腦袋還迷迷糊糊的，居然不小心從嘴裡說了出來。

「怎麼連你也這樣啊？」

「哈哈……抱歉……我開玩笑的。」我連忙恢復虛偽的笑容，「本所還是會照表定時間營業的。本所的公休日是每個月的第一個星期日，如有變動會另行公告。」

「一個月只休一天啊？」客人又繼續說道：「真是辛苦了，難怪大家都推薦我來你們仲介所。我聽人說，你們已經連續好幾年獲得優良認證，還時常出借場地，給慈善團體辦活動。」

「是的，不久前我們還舉辦餐會，準備特製的點心，邀請孤兒院的孩子來參加呢。」

不過優良認證跟慈善活動，都沒有增加帝國給我們的經費就是了。

「那我真是來對地方了！你知道嗎？我們村子的仲介所喔，那個櫃檯的大嬸真是有夠沒水準……」

接著客人連珠炮般抱怨起他們村子的仲介所，邊說還邊喘氣，語句間夾雜著野獸一般的怒吼，握緊的拳頭在櫃檯的桌面上發抖，我很怕下一秒他就會往桌子上捶。仲介所的桌子其實挺脆弱的，要是被這麼一捶，肯定碎成天女散花。要是碎片傷到客人那就不好了。

我們實在沒有錢賠償醫藥費，也沒錢買新桌子。

「您放心好了，本所秉持的原則，就是希望替每一個客人找到合適的任務。」我握起他的手，讓他砂鍋大的拳頭暫時離開桌面，「我是這間仲介所的所長。我叫萊昂。」

「呦！你就是所長啊？這麼年輕就當上所長啦！」

「我今年二十二歲，還算是年輕啦。但您知道嗎，帝國早期的戰將，康古拉鳩・雷修，在帝國曆一百一十年，可是年僅十六歲，就一人擊退一支魔王軍的精銳部隊。那次戰役所在的月牙森林，成為近年考古學的重點探勘地區。相較之下我就沒什麼啦。您想知道，他是如何在數十隻高等魔物包圍下殺出重圍的嗎？」

「喔……是這樣啊……那個我不太清楚。你似乎挺有研究？」

「沒有啦，只不過是對講古特別有興趣而已。我原本還打算到學校教歷史呢。」

「教歷史？」

沒錯，若不是那個臭老爸死得那麼突然，把這間後繼無人的仲介所丟到我頭上，我早就完成我的夢想，成為一名歷史老師了。

我的夢想、我的希望，就這麼被關在這間該死的小仲介所裡。

即使如此，還是可以過過乾癮吧！

「既然您不知道，那我就告訴您吧，帝國曆一百一十年——」

「呵——啊——」

原本想繼續說下去的我，被客人無情的呵欠聲打斷。

看來客人昨天肯定是熬夜了，否則，我的歷史課這麼生動有趣，怎麼可能會有人上課打呵欠嘛。

但不知為何，幾乎每一個聽我講歷史的客人，前一天晚上都會熬夜。

唉，果然在這個爛地方，要實現我的教師夢還是太難了點。

面對現實吧。

「抱歉，離題了。先處理您的任務吧。」

我拿出厚重的任務登記簿。

「話說……這裡只有你一個？所長還要兼接待啊？沒其他員工嗎？」

「還有一個，但是他每天都會遲到。不過就算他來了，人手依舊不足，我還是得親自招待客人。畢竟初心村是個帝國邊陲的小村子，公會等級低，冒險者平均等級也不高，國家撥給本所的經費自然少之又少，提供的又是免費仲介服務，只靠國家經費存活的我們，根本沒錢再多請——」

「萊昂老大！我來啦！」

話說到一半，一個高高壯壯、不修邊幅的傢伙，一邊大叫一邊走了進來。

「今天我只遲到了十五分鐘喔，怎麼樣？進步很多吧！」

他身穿紅色短袖上衣，衣服外套了件鎖子甲背心，下半身穿的束口褲纏滿了裝飾用的鎖鍊，十根手指上都各套了一枚戒指，頭上頂著個裝有角飾、半圓形的頭盔。

這個臭不要臉的遲到大王，就是我剛才說的那個員工，綽號鬍碴，是我就讀冒險者實驗學校時的同學，也是我從學生時期到現在最要好的朋友。人如其名，是個滿下巴鬍碴的傢伙。因為一直叫他鬍碴，害我忘了這傢伙的本名。雖然忘記朋友的本名好像很不應該，但我就是想不起來。

他原本是我同學，後來變成我學弟。在我早就畢業不知多久的某一天，他才以社會新鮮人之姿到我的仲介所應徵。因為沒有其他應徵者願意來這個錢少工時長的鄉下小機關，他順利成了我的部下。

「鬍碴，你的時間觀念是拉屎的時候掉進茅坑了是不是？」

鬍碴沒理會我，裝作沒事一樣，一邊吹著口哨一邊走進櫃檯，坐到他的位子上，拿出抽屜裡一些不重要的文件開始裝忙。

我懶得花時間罵他，還是服務客人要緊。

「由於我們會為客人挑選任務，還麻煩請您告訴我您的『天賦技能』，可以嗎？」

「咦？來這裡接任務……要告知天賦技能喔？」

天賦技能，是每個人成為冒險者都會獲得的，至少一個的特殊能力，大多是被動技能。天賦技能無法像一般魔法一樣，被歸類在十三屬性裡，通常代表你對從事哪些事有異於常人的才華。例如我擁有「畫面記憶」的天賦，看過的影像會變成一張張印在腦海裡的圖片，隨時都能精準無比地回想起來，但只限於親眼見過的畫面，對抽象事物的記憶力，就和一般人一樣了。

在獲取經驗值的途中，若能用上天賦技能，獲得的經驗值會有程度不一的加成。例如擁有「劍術」天賦的人，靠劍術完成任務獲得的經驗值，會比單靠魔法完成任務要來得多。有時甚至不需要戰鬥或解任務，單純使用天賦，就能獲得經驗值。為了幫助客人升等，本所的仲介方針，就是根據客人的天賦技能分配適合的任務。

「嗯……一定要說嗎？我的天賦是……那個……總之就是……真的得說嗎？」

將「到底要說了沒」、「等你說出來我都要下班了」等等怨言吞入腹中，我擺出僵硬的笑容向客人解釋道：

「若是知道您的天賦技能，我們才有機會為您安排比較合適的任務。我也知道，有些冒險者會將天賦技能視作隱私，畢竟有可能發生『因為持有竊盜天賦，就被當成小偷』之類的狀況。如果您堅持不透露也行，只是有可能失去獲得最合適任務的機會。」

「那……我說出來你可別笑喔。」

「好的，我保證不笑。」

「真的喔，那我要說嘍。」

「快點啦——不……我是說，您放心說吧。」

「我的天賦技能是……『裸奔』。」

「噗！哈哈哈哈哈哈哈哈哈！」

我並沒有違背我的承諾。笑得人仰馬翻，正用腳跟捶得地板砰砰作響的那個人，是鬍碴。

「我就知道！什麼優良仲介所、什麼周到的服務，都是騙人的！拿到這種爛技能，我已經活得夠苦了，還要被嘲笑。算了！我也不接什麼任務了，餓死算了！」

「哈，抱歉、抱歉。一時沒忍住。」鬍碴一邊說，一邊擦著因為大笑而被擠出眼眶的眼淚。

「客人您先別生氣，這技能說不定有用喔。我記得……」

我迅速翻開登記簿其中一頁，因為「畫面記憶」的天賦，整本登記簿的內容我都記下來了。

我將那一頁抄下，放在桌上。

「這是卡艾希伯爵夫人發布的任務。伯爵夫人要舉辦的私人派對，缺了一個脫衣舞表演者。她希望有身材好的冒險者，能夠一邊用初級的火焰魔法表演火舞，一邊脫衣取悅她的名媛朋友們。客人要不要考慮看看，您應該會基礎的火焰魔法吧？」

「會是會啦，但脫衣舞……」

「您聽我說，能到卡艾希伯爵府上服務，這可是千載難逢的好機會喔！能近距離觀賞他們的城堡呢！卡艾希家族從帝國曆八十年代就一直興旺到現在，是歷史超過四百年的貴族世家喔。他們最早是做肉品貿易起家的，後來多角化經營，全盛時期光是卡艾希一家進貢的稅金，就占了全國將近百分之二十。他們用龐大的財力修建自家的城堡，在近年的研究中，更是發現了他們的城堡裡——」

「呵——哈啊——」

這位客人昨天晚上到底幾點睡？

「萊昂老大，你講這個沒有用啦，還是讓我來吧……

「大哥我看你體格不錯喔！那些大小姐們可能會喜歡喔。而且這能用到你的天賦，說不定可以因此獲得經驗值喔！如果升等，就可以接一般任務，不用再跳脫衣舞了。」

「脫衣舞跟裸奔……不一樣吧？這樣真的能得到經驗值嗎？」

「不試試看怎麼知道？邊跑邊跳說不定就有了啊？」

「可是在眾人面前……」

「你就當成是一種藝術表演嘛。」

「藝術啊？脫衣舞或許勉強能算是舞蹈藝術，但是……」

「伯爵夫人有說，表演者可以戴面具。她大概是想學阿利希卡瓦公爵，也搞一個假面派對吧？」

「嗯……戴著面具的話……」

客人露出動搖的神情，看來鬍碴快成功了，只需要我再補上最後一刀……

「而且客人，這個任務報酬是這個金額呦。」我用紅色墨水筆，在桌上那頁文件，任務報酬數字的三個零底下，畫上底線。

「一千金幣！好，快告訴我什麼時候。在那之前，我得想辦法精進我的舞藝呢。」

成功了！又搞定一個囉哩囉嗦的客人。

「能幫上客人您的忙真是太好了！那請您在這份表單上填寫資料後簽名，任務的詳細內容都在剛才交給您的那頁說明裡了。祝您任務順利。」

這就是我們簡易任務仲介所每天的工作。

會來這裡的，大多是像這樣的低等級冒險者。他們沒辦法承接有等級限制的一般任務，又因身分處處受到帝國對冒險者立下的特別法律限制，幾乎只能依靠任務活下去。因此這時，雖然沒有經驗值，但不受等級限制的簡易任務，成了他們為數不多的賺錢方法之一。每次順利幫這樣的客人找到任務後，我的心裡頭總有種說不上來的奇妙感覺。

總之，今天的第一位客人心滿意足地離開了。緊接著來了第二位客人。

他帶著我從沒想過會再次見到的「那個東西」。

2

她總是像守門人一樣靜靜地站在門邊，就像臭老爸從不離開這間仲介所，甚至連死都要死在裡頭。

我總覺得她一直都會在，從沒想過她會裂成碎片，消失四年之久。

第一位客人接下了脫衣舞任務後，離開了仲介所。這時還不到十點鐘，通常不會有什麼人上門，因此這個時間，我跟鬍碴一般都做些整理檔案、清掃環境的工作。

正當我準備好工具，打算爬上屋頂，修補那遇上雨天就會啜泣的天花板時，嘎——的一聲門被推開，一位老先生走了進來。

「老先生您好，需要我幫忙嗎？」

從他身上感覺不出魔力的流動，應該是一般人。

「我有事想委託冒險者。」

「好的，請問有特殊需求，要指定特別技能類型的冒險者嗎？先提醒您，這裡是簡易任務仲介所喔，如果我們評估任務難度太高，就只好請您透過帝國直屬的任務處理部門，申請成直接發配到公會的一般任務了。」

其實我心裡想說的是，趕快改到任務部門發任務吧，我還得修天花板呢。

「這我知道，不會太難，是件小差事。我只是想請人送個貨，時間上是有點趕，希望可以在今天晚上十二點前送到因祖羅群島，因祖羅紀念碑東南方一千兩百公尺處的民宅。如果有快速移動或傳送能力的冒險者，應該是輕而易舉吧！」

「送貨任務啊，好久沒有這類型的委託了呢。」一旁的鬍碴插話道：「自從飛蠅快遞將經營觸手伸到初心村來，大家都委託他們運東西。老伯你怎麼不找他們，他們比較便宜喔！」

「對啊，飛蠅快遞可是以廉價出了名的。這間快遞公司成立於帝國曆四百九十年，一開始在帝國南部——」

「等等，老大你又來了，先處理老伯的事，我們再來討論帝國運輸業的歷史好嗎！」

「說不定這位老先生對這段歷史很有興趣啊？這次難得沒聽到呵欠聲呢！對吧老先生……老先生？」

「呼呼……呼嚕……嚄嚄……」老先生的鼻孔裡，發出有如豬叫的鼾聲。

「老伯，醒醒……」

「啊？嗯？唉呀，我居然不小心睡著了，抱歉、抱歉。」

「你為什麼要特地來請冒險者送貨呢？」鬍碴把老先生叫醒後接著問。

「唉，說到這個，其實我本來是想委託快遞公司的。這事說起來也是一波三折。」

老先生嘆了口氣，回答道：「我經營二手藝術品店二十年了，不是我自誇，口碑可是享譽帝國，全國各地都有人向我訂購藝術品。飛蠅快遞在這偏鄉地區提供服務，替我省了不少運送成本。原本這次也想交給他們，哪知他們在初心村分部的兩輛馬車，居然都被人破壞了。」

「啊！原來是因為那件事！老伯你是說上星期的『希神會破壞事件』吧。信仰女神希佩的激進宗教團體『希神會』，因為馬車上載有異教的信物，就把馬車攔下來破壞。

所幸駕駛沒有受傷，但貨物被搞得亂七八糟，車也暫時不能用了。真是莫名其妙，對吧老大！」

「這件事我倒沒有注意。老先生，是這樣嗎？」

「對！就是那群瘋子！搞得我沒辦法把貨物寄出去。於是我打算找以往還沒有飛蠅快遞時長期合作的冒險者，一個叫飛仔的年輕人，他會使用高速移動的法術，靠著四處接送貨任務維生，誰知道他……」

老先生說到這，忽然壓低音量，四處張望。他鬼鬼祟祟地將頭伸進櫃檯，竄到我跟鬍碴中間。我們也將耳朵靠近，近到連耳殼都能感受到老先生的呼吸，實在有點令人不舒服，但好奇心還是驅使我們將耳朵越靠越近。

「我告訴你們，但你們可千萬別說出去……

「我也是打聽了很久才知道的……

「如果你們真的要跟別人說，也別說是我告訴你們的……」

「老伯你到底是要說了沒有！」

「好啦、好啦！聽說飛仔他啊，因為飛蠅快遞擴大營運，使得能接到的任務越來越少。於是他開始接一些勉強自己的任務，送貨距離越送越長，也強迫自己越送越快，如此一來才能與快遞公司的廉價服務對抗。結果他因為在高速移動的法術裡灌注太多魔力，最後……

「『超載』了！」

「嘖、嘖、嘖……」鬍碴聽了，一邊搖頭一邊咂嘴。

「自從帝國曆一百一十二年，騎士團將過量灌輸魔力導致超載列為嚴重禁忌之後，就幾乎不曾聽見冒險者超載的案例了。上一起廣為人知的超載事件，還要回溯到帝國曆三百九——」

「呵啊——」

「唉呦老伯，你可別又睡著了。那飛仔後來怎樣了？」

「他在旅館被發現的時候，已經變得硬邦邦了。旅館的老闆跟他是朋友，所以幫他隱瞞了超載的事，沒有通知當地的騎士團，而是直接通知家屬。之後他的弟弟趕到現場，流著眼淚把他處理掉了，後來好像把他沉到湖底。好在有旅館老闆幫忙，否則超載的傳言流出去，世人肯定會忽略他努力工作的事實，只把他當成觸犯禁忌的罪大惡極之人吧。」

「傳言已經流出去啦，從老伯你的嘴裡……哈哈哈開玩笑的，我們不會亂說的！對吧，萊昂老大！」

「嗯，老先生請放心，飛仔的事我們不會說出去的。狀況我們了解了，那就請您把貨物拿出來讓我們檢查一下，如果沒問題，在這裡填個表單，支付訂金就完成了。但是不一定會有冒險者承接任務喔！您應該知道，這裡的冒險者平均等級比較低一點，不到一天的時間要送到因祖羅群島，對來這裡找任務的冒險者，恐怕有點難度。」

「唉，買方說，晚上要是沒送到，他就不要了，要取消交易。現在只剩下這最後的方法，就試試看吧。」

老先生邊說邊從包包拿出貨物。

看到貨物的瞬間，我掉進了泥沼般的記憶裡，動彈不得。

見我久久沒有動作，鬍碴把嘴湊到我耳邊，悄悄地說：「老大……如果我沒記錯，這是『那個』吧？」

「是沒錯……」我小聲地回答他。

「那老大，你還發什麼呆？趕快啊！」

「趕快？」

「趕快把她買下來！」

「蛤？買下來？」

「那本來就是老大你們家的東西不是嗎？讓她物歸原主不是很好嗎？如果我錢夠我就買下來了，但我剛剛早餐吃太貴，現在身上的錢肯定不夠。」

「喂！你們兩個在竊竊私語什麼？」老先生等得不耐煩了，大聲打斷我們的悄悄話。

「老伯！我們老大說想要把你這個買下來。」

鬍碴你這臭小子！

「啊……對！那個……老先生，請問……這個……您……賣了多少錢？」我畏畏縮縮地問道。

「五十金幣，怎麼了嗎？」

「那個……雖然有點突然，但能不能拜託您，就讓這筆交易取消吧！我想私下跟您做個買賣，用五十金幣買下這個。您看如何？」

「嗯？」

「老伯你聽我說。」鬍碴對老先生說：「現在才發出委託，晚上能送到的機會微乎其微。但你願意賣給我們老大的話，他現在就能給你現金喔。」

什麼現在就能給，講得好像是自己的錢一樣！

「這樣你肯定能賺到這五十金幣，還能省下給冒險者的賞金，划算吧！」

鬍碴也不管我到底拿不拿得出五十金幣，就這麼對老先生說。

「不行！」沒想到老先生斬釘截鐵地回答。

仔細想想，既然老先生自詡為好口碑的商家，為了不讓商譽掃地，當然不會隨隨便便就取消交易。

雖然鬍碴說得沒錯，這東西的確屬於這裡，但這就是緣分啊！

已經轉了好幾手的東西，自然就跟打狗的肉包子、丟進水溝的錢、敲出去的全壘打、變了心的女朋友一樣，回不來了。

就祝福她被其他人買走後，能有個更好的歸宿吧！

「出五十五金幣我才賣。」

唉呦，這臭老頭真會做生意！

3

「萊昂……萊昂……萊昂！你還好嗎？」

「抱歉！馬爾叔叔。」

中午，我跟初心公會的馬爾會長約好，在仲介所內進行半年一次的例行報告。

「真罕見啊，一向工作認真的你，居然會在報告的時候發呆？」

「對……對不起。」

我抓起桌上的小蛋糕，咬了一口，並灌下一整杯咖啡，想要藉此打起精神。

「萊昂啊，那是我的杯子。」

「啊！」

「你今天到底怎麼啦？有什麼心事嗎？休息一下，跟我聊聊吧。」

「沒事的，我可以繼續報告。」

「萊昂啊，你是我從小看到大的，你有煩惱我會看不出來嗎？跟我說說吧，說不定我幫得上忙喔。」

「我……」

「是不是在想你爸爸——」

「不是，那是不可能的！」原本我只是想打斷馬爾叔叔的話，沒想到我發出了比預期還要更大的聲響，甚至連外頭森林裡的鳥兒，都被巨響嚇得飛走了。

「抱歉……我太激動了。我只是想說……那個臭老爸的事，我早就忘得一乾二淨了。要不是馬爾叔叔你提醒我，我還以為自己是個孤兒呢。」

「萊昂啊，你怎麼這樣說話呢？」

「畢竟老爸走得瀟灑，但給我留下了麻煩啊。多虧他，我的人生計劃全都被搞得亂七八糟。」

「萊昂啊，這怎麼能怪貝爾納先生，他是……他是被殺死的啊！」

「是嗎？我倒覺得老爸很有可能是自殺。」

「怎麼可能？要自殺的話何必用那種方式？」

「可是馬爾叔叔，以那天書房的狀況來看，其他人殺不了他吧。」

「這……這點倒是很奇怪沒錯……對了！事發之後沒多久，騎士團不就抓到了一個嫌疑犯嗎？不是那傢伙幹的嗎？」

「當初抓到的那個嫌疑犯，審判官判斷他根本不可能犯下那個案子，最後只因為從仲介所偷了東西，被判了竊盜罪。」

「這樣啊？」

「而且馬爾叔叔，你忘了嗎？我當初接下這間仲介所的時候，仲介所可是欠了一筆債喔。保險箱裡的預備金也少一大筆，沒了那些錢，老爸留下來的債根本還不出來。那個保險箱除了我跟老爸，其他人根本打不開，所以不可能是被偷走的。那些錢八成是被老爸拿去哪裡揮霍了。我猜一定是拿去郵購賭賽龍的彩票，然後輸光光了吧。他八成是不想面對這樣的現實，所以選擇一了百了。我最恨這種沒擔當的傢伙了！」

「萊昂啊，我知道你因為人生計劃被打亂很憤怒，但是萊昂，你得搞清楚，自己是發自內心對你父親感到憤怒，還是用憤怒來掩蓋其他東西？如果你真的那麼恨你爸，為什麼要接下這間仲介所？你大可以讓它倒閉就好，為什麼還要這麼認真工作，把這裡經營成整個帝國東部地區評價最好的仲介所？」

「這……」

「還有桌子底下那東西，為什麼又回到這裡？在報告的時候，你又為什麼一直盯著她發呆？」

既然被馬爾叔叔發現了，我只好把放在桌子底下、從老先生手上買下來的東西放到桌上，並且把早上的事情說出來。

「所以你就花五十五金幣，把她買下來了？」

「最後鬍碴幫我跟老先生殺價，殺到了五十二金幣。」

「我記得，這以前好像放在門邊那裡吧？」馬爾叔叔瞇起眼睛，看了一會兒後說道：「我以為你是為了重新調查那起事件，才把她找出來。沒想到居然是湊巧出現的。」

「當然是湊巧，我從來沒有重新調查那件事的念頭。」

「真的嗎？不過，這東西忽然出現了，或許也是一種機緣。我一直覺得，她對偵破那場命案，一定有什麼關鍵作用。或許靠著她，真相就能大白了。你心裡也或多或少有這種感覺對吧？所以才會買下來，否則你大可以直接幫那位老先生發布任務就好。」

「不，我早就不在乎什麼真相，不想管跟老爸有關的任何事了。她會在這裡只是因為鬍碴叫我買下來，所以……」

「鬍碴也常常叫你幫他加薪，你加了嗎？」

「我……」

「買下她，終究是你自己的決定。你用憤怒跟責怪來轉移注意，靠著假裝不在意來維持正常生活，但你心裡也想弄明白吧？那天的事。」

「不，我不想！就算知道了，老爸也不會復活，我的人生也還是這樣。」

「或許是這樣沒錯。不過，如果你哪天真的想知道答案，我可以推薦你一個地方。去那裡，他會幫你解決問題的。」

「解決問題？怎麼解決？」

「去『初心村的偵探事務所』吧。讓那裡的偵探替你調查。」

「偵探？」

「……」

「……」

「萊昂老大！我回來啦！」

一聲宏亮的喊叫，劃破仲介所裡逐漸沉默的氛圍。

「這次我只晚了十分鐘回來，是不是越來越準時了？村子裡開了新的狼肉火鍋店喔！那個油滋滋的湯頭配上西大陸特產品——醃白狼肉的特別香氣，害我不知不覺就吃到忘記回來啦，哈哈！呦，馬爾叔叔也在啊。」

跟早上一模一樣的場景，鬍碴在午休時間結束十分鐘後，才大搖大擺大吼大叫地回到了仲介所。

「鬍碴，你的時間觀念是出生的時候跟臍帶一起割掉了是不是？」

「那個……萊昂啊，我看今天就這樣吧。」馬爾叔叔站起身，「反正時間不急，這個月內再找我報告就行了。我先回公會，那件事你考慮看看吧。」

「我會考慮看看的……雖然考慮完大概還是不會去。」

「好吧，如果你想去的話，事務所就在我們公會裡頭。以前馬庫斯的房子你知道吧？我會叫那小子算你便宜一點的。」

說完，馬爾叔叔離開了仲介所，留下準備再次遺忘這件事的我跟狀況外的鬍碴。

「欸欸老大！你們在聊什麼？以前馬庫斯的房子……就是那個傳說中的初心村偵探事務所吧！」

聽到馬爾叔叔離開前講的話，鬍碴的眼睛雪亮起來，雙手撐在我的桌子上，身子往我這裡傾，鬍碴的鬍碴都快刺到我的臉。櫃檯的桌子發出嘎吱嘎吱的悲鳴。加油啊桌子，你一定要撐下去啊！

「沒什麼，只是馬爾叔叔建議我去那裡，讓他們調查四年前的命案。」

「對欸，可以找他們啊！我之前怎麼都沒想到？未解的懸案、獵奇的屍體、少年心中長久的疑問。是誰幹的？為什麼？怎麼辦到的？他們肯定會很感興趣，拿出全力調查的。老大，我們現在就去找他們吧！」

「喂！你把朋友家裡的不幸當作什麼啦，舞台劇啊？還什麼懸案、獵奇，我心中才沒有什麼疑問。誰管那個臭老爸是怎麼死的，反正他就是死了，然後給我留下負債，跟一堆爛攤子。我好不容易東奔西跑地把債還清，把仲介所撐起來，接下來就好好過我的日子就行了。」

「老大啊，你真的有在好好過日子嗎？你已經連續工作二十幾天沒休息了吧？你以前最喜歡看的歷史小說呢？多久沒看了？你知道《從零開始闖蕩新世界的王權繼承者之孫女與千錘百鍊的霸王飛龍》已經出第三部了嗎？《從零開始闖蕩新世界的王權繼承者之孫女與千錘百鍊的霸王飛龍III——飛龍王慘遭退隊只好到邊疆山洞與龍女公主一起悠閒地孵飛龍蛋》。」

「那個糞作還有第三部哦？而且書名越來越長是怎樣？」

「還有你記得，下星期是你自己的生日嗎？」

「下星期……對欸！」

「老大啊，在我看來，你是故意把自己搞得很忙。超時工作、連續上班，上次好不容易休假，慈善團體來打個招呼，你又整天都在協助慈善活動。你是透過忙碌來麻痺自己，讓自己不去好奇那件事的真相吧？」

「我哪有……我怎麼可能……怎麼可能……」

「……」

「……」

砰！

突然間，桌子出現一道裂痕。木屑像下雪一樣，從裂縫飄下。

是我弄的。

我才發現，原本擺在桌上、一派輕鬆的雙手，不知不覺間變成緊握的拳頭，不停地往桌面施加力量。

「放輕鬆，老大！別那麼緊繃嘛！」

「就算……就算我真的去找那個偵探，那件事那麼古怪，他也不一定能查出什麼。」

「喂！老大你說這什麼話！你是在瞧不起偵探嗎？」

「我又不認識他，哪有什麼好瞧不起的。」

「不然這樣好了，我們來打賭。」

「打賭？」

「我們去請偵探調查四年前的事件，如果偵探查不出真相，接下來的一年我都不領薪水，老大可以拿來當作仲介所的經費。」

「賭這麼大啊？仲介所可是超級缺經費的喔！不會跟你的薪水客氣的。」

「怎麼樣？心動了吧？」

「萬一是我輸了呢？」

「那……老大就把『那東西』送給我吧！」

「用一年的薪水賭五十二金幣買來的東西，鬍碴，你腦子沒問題吧？」

「因為我相信偵探啊。就這麼說定了，沒意見吧，老大？」

第二章

解憂事務所

1

隔天剛好是這個月第一個週日，公休的日子，我們動身前往初心公會。

公會位於村子東南角的森林裡，由行政大樓、宿舍、各式商店、食堂、練習場等建築組成，建築物間夾雜著樹林。

我們走到了兩年前還是馬庫斯別墅的這棟建築物門口。

依照規定，等級超過LV.100的冒險者，可以不住宿舍。他們會獲得一塊地，用來搭建自己的別墅。據說馬庫斯當初聘請了帝國東部最厲害的建築團隊，把這棟別墅打造得有如皇宮一般。

從外頭看上去，別墅還是跟之前看到的一樣金碧輝煌。

從冒險者實驗學校畢業後，我曾經短暫待過初心公會。那時我已經立志要成為歷史教師，於是我白天接任務，晚上準備教師檢定考。

剛加入公會時，我就跟其他剛入公會的新人，一起被這棟屋子的前主人馬庫斯邀請來參觀。

當時這棟屋子不只外觀美輪美奐，裡頭更是鋪滿了上好的紅地毯，更重要的是，那裡簡直像博物館，擺著各樣珍稀的寶物供人觀賞。

喜愛歷史的我，看到那些年代久遠的古董、充滿歷史價值的珍寶，便興奮得像個小孩子到處亂跑。

而屋主馬庫斯，似乎在對我們幾個新人嘮嘮叨叨地說些什麼。他當時究竟發表了什麼言論？由於心情太過激昂，我一個字也沒聽進腦袋裡，只記得當天參觀完，同行的幾個新人都說再也受不了馬庫斯那張囂張的臭嘴。

好景不長，之後再也見不到那些收藏了，因為……

屋主馬庫斯，兩年前遭到謀殺。在他死後，因為沒有子嗣或其他繼承者，收藏品全數變現充公了。

聽說當時，維持地方秩序的騎士團原本抓了個代罪羔羊，當作殺死馬庫斯的凶手，要將那倒楣鬼帶回去審理。有個自稱「偵探」的冒險者跳出來阻止了這一切，他只用一個晚上就揪出真凶，讓大家知道偵探的厲害。在此之前，整個帝國根本沒幾個人知道「偵探」是什麼玩意兒。

騎士團的高層知道了這件事之後，特准他接收馬庫斯的房子，用以開設事務所。於是他成為了瑪基歐魯斯第一位、也是目前唯一一位，經帝國核准正式開業的「偵探」。

他的事務所，在這兩年間服務過許多的村民、冒險者、王公貴族。

初心村的魔寵連續殺害案、紅頂國國王女兒的綁架案、公爵宅邸裡的分屍殺人案、超人氣美食龍血肉包混充劣質原料案，聽說都是靠他的努力才得以偵破。

以上聽說的來源，都是鬍碴。

星期天一早，每天上班遲到十五分鐘起跳的鬍碴，一分不差準時抵達集合地點，並開始喋喋不休地向我介紹偵探的豐功偉業。就算叫他閉嘴，他也會自顧自地說下去。就連現在，已經到門口了，他還在對我傾訴那有如滔滔江水的激動心情，實在是吵死人了。現在我只想趕快進去，等見到偵探本人，這傢伙說不定會安靜點。

我敲了敲門，沒有任何反應。

等了好一陣子，沒有任何人來應門。一旁的鬍碴，或許是終於把能說的都說完了，他閉上了嘴，轉而動起手來。

他拿出一把握柄尾端帶有圓環的銀色小刀，套在手指上轉啊轉的。

「沒看過的小刀呢，還挺漂亮的，你新買的啊？」被他那把散發精品氣息的帥氣小刀吸引，我忍不住詢問小刀的來歷。

「老大有眼光！這個可厲害，這是傳奇忍者飛刀（降價復刻版）。很帥吧！我提前半年登記才抽到購買權，然後開賣當天又排了整整兩小時的隊，最後才用半個月的薪水買到。帝國東部限量五百把喔！道具等級LV.5，裝備後，幻屬性魔法施放成功率可以增加〇．〇〇五％喔！厲害吧！」

「喲！真厲害！」

「是吧！」

「我是說你，居然願意為這種玩具花那麼多錢跟心力，從某方面來說真的很厲害！」

「什麼玩具！它可是有加成效果的欸！」

「那種加成有跟沒有一樣，倒是外型還不錯，應該是參考了舊帝國時期特殊情報部隊的武器吧，還原度挺高的。借我看看。」

「嘿嘿，說這麼多，老大還不是臣服在它帥氣造型的魅力之下。因為你是我老大，所以才破例借你看十秒鐘，可別弄壞了。」

正當我接下小刀想好好欣賞，終於有人開門了。我趕緊把小刀收進口袋裡。

抬頭一看才發現，不對，那不是人！

眼前的小東西，靠著四根又細又短，像昆蟲腳的金屬桿在地上爬行。圓筒狀的身體似乎是木頭做的。背上有一個透明的小蓋子，可以看到裡頭密密麻麻的齒輪、發條等結構，正中心是一顆發光的黃色寶石，那應該是可以儲存魔力的魔水晶。牠的身體有一顆像是犬科動物的頭，看起來是木製的。一條長長的、末端帶有鉤子的線纜，像尾巴一樣拖在地上。這東西看起來像小動物，然而牠的身體兩側卻長出兩條像是人類手臂的構造，但是手指只有三根。

從打開的門看進去，寬敞的大廳裡擺著一套樸素的桌椅。

數年前看到的紅地毯已不復存在，地上鋪著普通的石頭地板，內部簡樸的樣子和外頭的豪華產生強烈對比。裡面唯一保有過去華麗氣場的，是連接一樓和二樓，有如名山峭壁的氣派大樓梯。樓梯後面似乎開了一道門，我記得那是之前來的時候所沒有的。

桌椅附近的空地上，坐著一個身材圓滾的人。高領的白色長袖和白色長褲，將他全身包得密不透風。他的頭被一個筒狀的頭盔罩著，眼睛的位置開了兩個小洞。他手腳粗粗胖胖，看上去活像一個大氣球上放著一個水桶，再插上四根大香腸。

他的左手拿著一根金屬棒，右手食指對著金屬棒不停噴出火花。應該是在用火屬性魔法焊接。他的身邊散落各式機械零件，還躺著兩個剛剛幫我們開門的那種怪東西。

「咦？有客人敲門啊？」她說。

意外地，是個女生的聲音。

「忙著修理大豆和大米，害我都沒聽到敲門聲！大麥，是你幫我開門的嗎？來媽咪這裡，呦！好乖好乖。」

怪東西用牠細細短短的金屬四肢，跑到那個形似氣球的人身邊，途中後腳還被前腳拐到，踉蹌了一下，樣子怪可愛的。

牠在氣球人身邊繞著圈，氣球人放下手上的工作，一把將牠抓了過來，搓著牠圓筒狀的身體。牠好像很開心，兩隻怪手不停揮舞著。

「你們好！歡迎光臨初心村的偵探事務所。你們先在這裡稍等一下，我上去叫老闆下來。」

說完，氣球人將身上氣球般的外衣脫了下來，把雙手從香腸裡抽出，再拿下頭上的大水桶。

一個面貌秀麗、身材婀娜的妙齡少女出現在我們眼前。

她五官小巧精緻，小麥色的皮膚看起來光滑彈嫩，一頭金色的秀髮在頭頂盤成一團可愛的小圓球。凹凸有致的身體沒有一點贅肉，搭配纖細修長的四肢，組成了人體最完美的比例。脫下氣球服後，她身上幾乎沒有布料遮掩，只有一件短得快跟腰帶一樣的短褲，和一圈圍著她胸前兩座驚人山丘的布。

我忍不住死盯著她看。

不行，這樣實在太沒有禮貌了。我強迫自己將眼光移開，看向身旁的鬍碴。鬍碴已經盯著少女盯到雙眼發紅了。他用一隻手摀住鼻子，隱約可以看見他的指縫間滲出紅色的液體。

少女一邊搖曳生姿地走上二樓，一邊解開頭上的團子。她的頭髮像金色的瀑布一樣灑落。

被她稱作大麥的怪東西，也一蹦一蹦地跟她一起上了樓梯。

「喂，老大，你有帶手帕嗎？」

我從口袋拿了手帕給髫碴。

「今天真是太走運了！」他邊擦鼻血邊說：「老大，我問你喔，如果我的心被偷走了，可以請偵探幫我找回來嗎？」

「誰管你的心啊？自己去肉鋪買顆豬心回來，你這豬哥。」

少女上樓後，樓上傳出陣陣喊叫聲。

「老闆！午覺睡夠沒？有客人啦！快起來了！聽見沒有？」

在類似這樣的呼喊持續了兩分多鐘以後，大麥跟少女從二樓走了下來。

在少女的腳尖碰到地板的那一剎那，我感覺到身邊有一陣疾風吹過。原來那是髫碴以超乎常人的速度衝到少女面前時，所產生的風壓。

「美麗的小姐妳好，我是髫碴。今天因為我的老大遇上了困難，所以陪他前來貴所希望能尋求答案。沒想到……卻先找到了我人生的答案。噢——我誤闖了天使墜落之處，百合盛開之地，精靈居住之湖，見到了像妳這樣美豔動人的女孩。我的心已經在妳身邊迷路了，我找不到它，能不能告訴我妳的名字，順便讓我的信鴿記住通往妳家的路。因為我覺得，我的心，或許能在妳家裡找到。」

這小子在鬼扯什麼啊？

「哈哈哈！你叫鬍碴啊，還真是有趣的傢伙！」面對這突如其來的舉動，少女倒是豪爽地回應。「我叫李普美，是冒險者，目前LV.9。是個人類，不是什麼天使族，也不是精靈族，更不是什麼百合族……應該也沒有這種種族吧？

「我半年前來到這間事務所工作。平常習慣用魔力通訊系統，沒用過信鴿。」

「魔力通訊系統也沒關係，那我們就先來加個好──」

「他說他是陪你來的，所以你才是委託人，對吧？」才見面不到一分鐘，她就已經學會無視鬍碴了。看來她的適應力頗強。

「李普美小姐您好，我叫萊昂。」

「叫我小李就好。」

「我是有事想要委託偵探調查……但是在這之前，我可以問小李一個問題嗎？這個到底是……」由於實在很好奇，我指著剛才跑到我腳邊，正用背上的兩隻大手對我的小腿狂打猛揍，那個似乎被稱作大麥的東西問道。

「喂！大麥壞壞！那是客人！不是老闆！」

這東西平常都是這樣毆打老闆的嗎？

「真是不好意思，這是我研發的『多功能自律移動式刻耳柏洛斯型機械手臂』。因為我的天賦是『機械製造』，平常沒事就在研究機器人之類的，我都把牠當作機械寵物啦。我最近在訓練牠們，要是老闆再偷吃我冰在魔力保溫箱裡的雪糕，就使用岩山兩斬波對老闆的脛骨施以制裁！」

這女的……不好惹啊……

「原……原來這是妳做出來的啊，小李妳真厲害！」我說。

「我做了三隻喔。因為被嫌本來的名字太長，我又幫牠們各自取了綽號，在你腳邊那隻是大麥。」

說到這裡，大麥用牠那剛剛對我的小腿施以制裁的三根指頭，朝我揮了揮手。

「另外還有兩隻，大豆跟大米。但牠們有點故障，所以我剛剛穿著防護衣在修理，沒注意到敲門聲，真是抱歉啊。」

「沒事沒事，能見到像妳這樣的美女，讓我在門口站到化作一堆白骨我都願意。」

就在鬍碴又開始他的油嘴滑舌之時，有兩個人從二樓緩緩走下來。

2

走在左邊的，是一個長相帥氣、身材瘦高的男子。他有一頭飄逸的紫色及腰長直髮，額頭上還有兩個尖尖的突起，好像犄角似的。他皮膚蒼白得讓人猜想他是否連血液都是白色，身上穿的黑色皮衣，邊緣有不規則的鋸齒狀，令人聯想到蝙蝠的翅膀。看來他不是人類，倒也不像精靈或獸人，更不可能有這麼高的矮人。難道是魔族？

走在右邊的也是一名男性，跟剛才那名形似魔族的男子，相較之下顯得相貌普普。年紀目測是二十歲後半，皮膚雖然偏白，但比起身旁的魔族就顯得相當紅潤。他有著黑瞳黑髮，中分頭，臉上掛著單眼皮無神雙眼和一只單邊眼鏡。鏡片反射光芒，讓人看不清鏡片下的右眼，鏡框掛著一條金鍊，連接到耳垂上，鍊子尾端有顆紫色的小寶石，似乎是一種複合眼鏡與耳環的新潮飾品。一件深色雙排釦大衣罩住他全身，腰間掛著一把閃閃發亮的長劍。實在是太過閃亮，光滑的劍柄上好像連一枚指紋也沒有，令人懷疑他到底有沒有握過那把劍。

因為穿著和氣質與以前大不相同，我一時沒認出來。其實右邊那位男子我早就認識。我記得很清楚，兩年多前有一陣子，他每天都會來仲介所接簡易任務。

「老大，你看！那個穿著深色大衣的就是偵探大師。旁邊那個頭上長角的是他的助手，你可別被他嚇到了，他其實是惡魔喔。」

我猜得沒錯，那個男的是魔族，而且還是位居魔族之首的種族——惡魔。

過去一度讓帝國化為焦土的，正是以這個種族為主的魔王軍。想到這便令我不寒而慄。我不自覺地想與他保持距離，往後退了兩步，卻不慎踩到地上散落的齒輪，差點整個人向後捧。這時，有個人從我身後扶住了我的肩膀。

回頭一看，居然是那個惡魔！

明明前一秒還站在我的面前，不過一瞬間，他已經繞到我的背後。

他將我的身體扶正後，輕拍我的肩膀說道：「唉呀！這位客人不用緊張。我雖然是惡魔沒錯，但不是來侵略人類世界的。而且當了偵探先生的助手後，攻擊性的法術幾乎都被封印了，頂多剩下防護罩或是騙人的幻術小把戲。請不要把我跟魔王軍那些仗著自己招式厲害就胡亂殺戮的沒水準魔物搞混。人家最討厭戰爭了！畢竟戰場雖然多的是屍體，卻少有謎團，沒有謎團的死亡真是太無聊了！簡直就像米血糕沒有香菜一樣。」

「沒有香菜才好，香菜噁心死了！嘔——」這個聲音來自穿著深色大衣的偵探，他已經坐到一旁的椅子上了。

「先讓客人有位子坐吧。」偵探說完，惡魔手一揮，變出了幾張白骨製成的椅子，椅子的扶手上還鑲著不知是什麼生物的骷髏頭。

「你能不能不要每次都拿那種東西給客人坐，怪陰森的。這樣會把客人嚇跑的。就不能換成一些可愛的東西嗎？像是熊貓之類的。」

「是的，偵探先生！換成熊貓對吧？我明天就去獵幾隻熊貓回來。」

「誰叫你用真的熊貓啦！」

他一邊跟他的惡魔助手爭吵，一邊轉著一枝鵝毛筆，但他的技術實在爛得可以，還沒轉幾圈，筆就往桌上掉了三、四次。

他撿起桌上的筆，插回筆筒，將身子坐挺，雙手手肘擺到桌面上，用左手指尖輕貼著右手指尖，擺出像是尖塔的形狀。沉默了一陣子後，他擺出僵硬的笑容，用故作低沉的滑稽聲調對我說：「您好，親愛的顧客。歡迎來到初心村的偵探事務所！我就是轉生神探夏──」

「你是夏駱可先生對吧！好久不見了。」

「沒錯，我就是偵探──夏駱可。還有，我剛剛本來打算做一個帥氣的自我介紹，下次我要這麼做的時候，請不要打斷我，因為我可是醞釀了很久。」

「抱歉、抱歉，因為太久沒看到你了，我急著確認有沒有認錯人。不過我擁有『畫面記憶』的天賦，對記長相可是很有把握的。」

「這麼說來，我也覺得好像認識你。等等，我想想……我記得是……萊納，不對……萊恩……好像也不是……萊爾富……萊克多巴──」

「是萊昂。萊昂．雨果．貝爾納，目前是初心村簡易任務仲介所的所長。」

「對！仲介所的萊昂！我怎麼會忘了呢。」夏駱可猛然站了起來，握住我的雙手說：「好久不見了，萊昂！還記得過去我落魄潦倒的時候，每次到仲介所，你都會細心地幫我挑選任務，偶爾陪我聊天。好幾個沒接到任務、飢腸轆轆的午後，都是靠你施捨的食物，我才有辦法活到現在。」

「你說得太誇張了啦，夏駱可先生。」

「先生什麼的就不必了，叫我阿夏、夏仔、小夏夏、欸、喂、那邊那個，隨便你怎麼叫，總之別那麼拘謹就是了。」

叫人欸、喂之類的，我是不會那麼做的，會被我那樣稱呼的只有鬍碴跟臭老爸。

「那……我還是叫你夏駱可好了。那時候你看起來身陷低潮，我還以為你離開初心公會了。沒想到那個成為偵探的冒險者，居然是你！」

「雖然那時候不管是公會還是仲介所，總是沒有適合我天賦的任務，但如今，我也找到自己天賦的用法了。」夏駱可說道：「透過偵破大大小小的案子，我現在已經升到LV.50了。」

我記得，夏駱可的天賦技能是「推理」。那時，推理僅是流行於貴族間的遊戲，在民間根本沒人知道那是幹什麼的。我也很不幸地沒能替他找到適合的任務，使得他的等級一直卡在LV.3。想不到如今，他不只成為偵探，還升上了LV.50。在這附近一帶，LV.50已經是相當高的等級了。

「太……太狡猾了！老大居然早就認識偵探大師！怎麼不早點介紹給我呢，也太不夠義氣了吧！」

一旁的鬍碴居然因為這種小事鬧起彆扭。

「萊昂，這位是？」

「久仰大名，偵探大師！小的是鬍碴，我是萊昂老大手下的小弟，今天是陪老大一起來的。」

「什麼手下、老大，別把我講得像幫派分子一樣。」我一邊敲鬍碴興奮過度的腦袋，一邊對夏駱可說：「這小子是我仲介所新聘的員工，一年多前才來的，所以你應該沒見過。」

「的確，我們是初次見面，但這位鬍碴好像認識我？」

「何止是認識，我是你們的粉絲啊！每次你們的活躍事蹟登上《初心日報》，我都會把它剪下來收藏呢。大師您的畫像，比本人好看多了！」

「哈哈！謝謝稱讚……欸不對！通常這種時候不是應該說，本人長得比較好看嗎？」

「給我等一下，鬍碴！難怪最近有人跟我抱怨，說仲介所的報紙常常被挖洞。我還以為是哪家的小朋友跑來惡作劇，原來是你啊！那是放著給客人看的，不是給你收藏的。豬頭！」我再次敲了一下他的豬腦袋。

「沒關係啦，老大，根本沒幾個人會看，你也從來不看不是嗎？」

「我……我不看是因為……」

「我能理解的。」鬍碴拍了拍我的肩膀，說：「在這種偏鄉地區的地方報紙，充斥了芝麻綠豆大的無聊小事，真的沒啥好看的。但正是因為這樣，每當神祕的惡魔助手——梅菲，與年輕有為的神探——夏駱可，他們的冒險事蹟出現在報紙上，總是特別讓人想收藏，對吧？就像在垃圾山看到一顆鑽石，難道你不會想把它撿回家嗎？」

「哈哈，鑽石什麼的，過獎過獎。」夏駱可似乎想保持謙虛的樣子，但任誰都看得出來，他其實在暗爽。

「話說，原來你叫梅菲啊。」從鬍碴的對話中，我得知了惡魔的名字。

「幸會！萊昂先生。」眼前的魔族友善地對我伸出手，我輕握住他蒼白纖細的手，意外地並不冰冷。

「所以說，你只在報紙上看過我們？」夏駱可向鬍碴問道。

「是啊。」

「沒有委託過案件，也沒有接觸過以往的委託人？騎士團的人呢？初心公會的其他人呢？」

「沒有，我都不認識。所以今天終於有機會親眼見到，人稱『狗吃屎神探』的偵探大師，我超感動的！」

「哈哈，儘管感動吧！沒錯，我就是人稱『轉生神探』的夏駱……等一下，你剛剛說人稱什麼？」

「『狗吃屎神探』啊。」

「喂！梅菲，現在外面都是這麼稱呼我的嗎？」

夏駱可轉過頭去，詢問站在桌子旁的惡魔助手。

「唉呀！是這樣沒錯，偵探先生。」

「怎……怎麼會，以前大家不是都叫我『轉生神探』嗎？」

「還不就是因為上次偵探先生參加公爵家的派對，剛進門就跌了個狗吃屎。」

「你怎麼知道？那次你明明就沒跟來。」

「唉呀！那次派對後來不是發生了分屍案嗎？最後案子是解決了，可是每當公爵跟別人提起那個案子，總是會以『那偵探雖然一進門就在我家跌了個狗吃屎，但是……』開頭，您狗吃屎的形象，自然就深植人心嘍。」

「可惡！難怪我覺得最近正經的委託變少了。」

「哈哈，看來偵探大師不太喜歡這個稱號。為了表示歉意，只好拿出我特別準備的禮物了！」

我都不知道，翳碴來之前居然還準備了禮物？

鬍碴從他的包包裡，拿出好幾個似曾相識的小蛋糕。

「喂！那不是我放在仲介所招待客人的嗎？你平常上班沒事一直吃就算了，居然還給我偷拿出來。要送禮物不會自己去買啊？」

「唉呦老大，有什麼關係，反正還剩很多嘛。再說這也不是老大你買的。」

鬍碴將蛋糕交給夏駱可，但奇怪的是，夏駱可臉上出現一種尷尬又嫌棄的表情。

「大師啊，這個蛋糕可厲害了，原本是上次的慈善活動中，為孤兒院的孩子準備的點心，加入了匿名的好心農家所捐贈的現摘特殊香草，這種香草在這個國家可是很珍貴的，我記得好像叫什麼芫……還是什麼荽的。但不知為何，有一部分的孩子一聞到就跟看到鬼一樣，一口都不吃，甚至完全不敢靠近，所以剩下了不少。偵探大師您就別客氣了，要吃多少拿多少吧。」

「鬍碴啊……」夏駱可捏著鼻子說：「謝謝你的好意，但是不用了。不知道你是不是故意的，但你可以接連拿出我討厭的東西，或許也是一種天分吧。」

夏駱可讓他的助手梅菲先把蛋糕收起來，雖然他說的是「收到廚餘桶裡」，但我看見梅菲將蛋糕收進了自己的嘴裡。

「先不管那個蛋糕了。」夏駱可終於鬆開緊捏鼻子的手，說：「萊昂，你遇到了什麼麻煩，儘管包在我身上！」

終於要進入正題了，於是我將昨天早上從老先生那兒買下的東西，放到夏駱可面前的桌上。

3

「這是一尊短髮女性的胸像，臉上還貼了好幾層金箔。不過這原本不是胸像對吧，肩膀跟胸下有明顯的斷裂痕跡。還有這個底座，跟栩栩如生的雕像本體相比，就是幾塊爛木頭拼成的，也太過隨便了，應該是後來才加上去的。這原本是完整的全身雕像吧。」夏駱可觀察了一會兒後說道。

「沒錯，她原本是尊從頭到腳完好無缺的雕像，擺在仲介所大廳的門口。四年前，有人闖入仲介所，打壞了這尊雕像，偷走了仲介所裡頭的珠寶，雕像的頭、胸部分也下落不明，一直到昨天早上才被我找到。

「除了仲介所遭竊，還發生了一件離奇的事……

「我跟老爸就住在仲介所的二樓，有我們的房間和書房。那天同一時間，我發現老爸陳屍在書房。當時書房的門是鎖著的，房內沒有任何窗戶。爸爸的死狀很離奇，他的胸口心臟位置開了一個直徑十二、三公分的大洞，貫穿了他的身體，這個洞應該就是他的死因。」

「這麼說來……」夏駱可突然睜大了眼睛，「書房是密室？」

「可以這麼說吧。」

「是密室殺人啊！」

夏駱可忽然從椅子上跳起，對著正要端茶過來的小李大叫了一聲：「小李！快把茶這種便宜東西收起來吧！這次是密室喔！密室殺人欸！快去拿香檳出來。」

「殺人！終於出現走失貓咪以外的案子嗎？這個月我們已經抓六隻貓啦！終於有點不一樣了。我現在就去拿香檳！」

小李蹦蹦跳跳地又回去了。一分鐘過後，她一手拿著四個高腳杯，一手拿著一隻看起來很高級的金色酒瓶，朝我們走了過來。

除了小李外，每個人都拿到酒後，夏駱可再次坐下。

「妳自己不喝嗎？」我問。

「我今年十八歲，等明年再喝吧。」

帝國的法律明明規定十六歲以上就能喝酒了，真是奇怪？

說完，小李也拉了張椅子坐在旁邊，她從胸口的那一圈布料裡掏出了一本筆記本。沒想到那裡面還有空間做口袋。她拿了筆筒裡的筆，沾了墨，打開筆記本，應該是要記錄我們接下來的對話吧。

「抱歉，我們剛剛的舉動有些不太得體，請你見諒。」夏駱可恢復正經後這麼說道：「放心，你父親的事，我一定會查個明白。所以請你更詳細地說明，究竟發生了什麼事？」

「好的……其實這已經是四年前的事了，要不是昨天那個雕像偶然出現，再加上鬍碴的搧風點火——」

「沒錯、沒錯！」好一陣子沒開口的鬍碴，似乎憋不住話了。「也真是夠巧的，發生了一連串的意外，這雕像才能再次被我們遇到。我本來以為再也看不到她了呢。真是太幸運了！我超開心的！」

鬍碴有什麼好開心的？難道他其實已經肖想這個雕像很久了？不過可還不確定，他最後會得到雕像，還是失去一年的薪水。

「哦？發生一連串的意外是指？」夏駱可問。

「就是原本要運送雕像的貨運公司，捲入希神會破壞事件——」

「那個不負責任女神的無腦狂信者們啊！」鬍碴說到一半，夏駱可氣憤地插入了一些個人評價。

「離奇的還在後頭呢。後來，雕像本來打算交給一名冒險者運送，結果那名冒險者居然因為太勤奮工作，『超載』了，真是可憐呀。最後只好淪落到我們這裡發任務，結果就被老大買下來了。」

「鬍碴！你怎麼說出來了，不是說好要保密嗎！」

「放心啦老大！我又沒說是二手藝術品店的老伯告訴我們的，也沒說那個冒險者叫飛仔，有什麼關——啊！」

全場突然陷入一片沉寂。

「沒……沒關係，我剛剛恍神了，什麼也沒聽到。」夏駱可急忙出來緩頰，尷尬的氣氛好不容易就要恢復正常——

「老闆，我有聽到喔，還有抄下來。」小李說。

「妳抄了多少？撕下來燒掉吧。」

「為啥啊老闆？你不是說要完整記錄委託內容嗎？還有……」小李用疑惑的眼神，看著表情緊繃的我們，「『超載』是個啥？」

我跟鬍碴都差點從椅子上跌下，想不到這美麗的小姐意外地沒常識。

「幹麼這樣，人家才當冒險者一年多，有些事不懂很正常吧？」小李嘟著嘴抱怨。

「美麗的女孩啊，這就跟當數學家，卻不會加減乘除一樣誇張啊。」鬍碴說。

「我看是笨蛋女神又漏東漏西了吧。」夏駱可說了一句我不太明白的話。

「噗哈哈哈哈……哈哈哈哈……你們就告訴小李吧！哈哈哈……不要……哈哈哈哈……嘲笑她啦，嘻嘻嘻哈哈哈哈！」在場唯一一個發出笑聲的人——助手梅菲——他這麼說道。

「那就由我來說明一下吧！」

難得可以過過當歷史老師的癮，我當然不會放過這個機會。

「李普美同學注意了！」

「嗯？是……是的，老師！」

「冒險者是有等級之分的，越高等的冒險者通常越強大。法術也一樣有分等級，此外還有學習門檻，例如防護罩，就要求LV.2以上的冒險者才能學習。學習門檻高的法術，通常效果也會比較強大。」

我擺出老師的樣子解說著，小李也像好學的學生一樣，一邊聽一邊點頭如搗蒜。

「法術的等級可以藉由鍛鍊提升。比如最基礎的能屬性法術——衝擊波，就分為LV.1到LV.30，到了LV.30就無法再往上提升了。衝擊波的等級上限幾乎是必考題，要記清楚了！」

「是……是的，老師！」

「好！那我們繼續。每種法術的上限不同，等級越高，效果理所當然越強。一般來說，冒險者最多只能將法術等級鍛鍊到高於自身等級五等。例如LV.10的冒險者，頂多能用LV.15的法術。」

「這些我都知道啊老師，那跟超載有什麼關係？」小李舉手問道。

「超載就是一種冒險者在使用法術時出現的現象。最早被記載在新帝國初期光復戰，北部戰線的軍隊日誌中。日誌記載，一名LV.35的冒險者士兵，為了擋下敵人的攻擊，使用了LV.40的防護罩。眼看防護罩就要被突破了，他硬是將更多魔力灌進LV.40的防護罩裡。瞬間，防護罩達到了LV.60的堅固程度，才勉強擋下了攻擊。但身在防護罩後的他，明明沒有受到攻擊，身體卻石化了。」

「石化？」

「沒錯，全身上下，甚至包含衣物，都變成了像是石膏的不明灰色礦物。」

「也就是說，超載能讓法術發揮出超過當前等級的力量，但使用者會被石化，是這樣嗎，老師？」

「小李同學理解得真快。沒錯，除了超越當前等級，甚至可以超越等級上限，例如藉由超載施放LV.40的衝擊波，藉此讓這種基礎的攻擊法術，擁有強大的穿透力。」

「那……石化之後的人呢？要多久才能復原？」

「這個嘛……目前沒有復原的方法。」

聽到這裡，小李皺起了眉頭說：「那不就是……死了？」

「其實並不算是死了。有研究指出，超載者的靈魂跟意識會被困在石化的身體裡，直到身體被破壞。」

「所以身體被破壞以後，才算真的死去？」

「可以這麼說。此外，超載者當時施放的法術，直到身體被破壞前，都會一直持續下去。」

直到我說完，小李都用又大又亮的雙眼專心地注視著我，一個呵欠也沒打。

怎麼辦？我覺得我好像快愛上她了。

這時，梅菲說道：「沒錯！四百多年前，在月牙森林發生的那場火災，就是最好的例子。」

居然還有其他學生主動為我講課的內容補充說明，我真是太感動了！

今天真是太走運了！

「梅菲同學也知道那件事啊。」我深受感動地看著這群乖學生，為了他們，我決定拿出我私藏的珍貴補充資料。

「在帝國曆一百一十年，戰將康古拉鳩．雷修為了對付魔王的精銳部隊，以超載為代價，施放了燃燒整座月牙森林的強大火屬性法術，結果森林燃燒了好幾天。為了滅火，帝國還派出水屬性法術專家，但火焰仍無情地吞噬著大地。直到有個冒險者闖入燃燒中的森林，找到了石化的雷修，用水屬性法術澆淋他，石化的雷修因迅速冷卻而碎裂，火焰才終於停下來。」

「老師教得真是太好了！」梅菲同學說：「這就是那場火災的故事，史稱——火之七日戰爭！」

「很可惜，梅菲同學，答錯了。學界普遍稱那場火災為月牙森林大火。而且根據目前的研究，那場大火其實並沒有燒到七天。」

「唉呀！抱歉老師，大概是我跟其他東西搞混了吧，嘻嘻嘿。」

課程到這裡告一段落，真是過癮！可惜人生終究是要回歸現實。我結束了講課模式，又變回一介仲介所所長。

「說起來，梅菲先生真是知識淵博呢，居然知道月牙森林大火。這可是我在學校兼任研究助理的時候，教授研究了許多古籍才解讀出來的一段歷史。這段歷史因為涉及到超載，超載又在帝國曆一百一十二年被列為重大禁忌，所以幾乎被封印，成為不為人知的黑歷史。目前研究還沒公開，應該只有幾位重量級學者跟他們的助手才知道。戰將雷修也普遍被認為，在帝國曆一百一十年以後就下落不明。」

「我是惡魔嘛！自然有特殊的管道了解歷史，而且魔族的觀念跟人類不同。我們不像人類，把超載看成什麼可怕的禁忌，搞得大家提到超載就人心惶惶。其實超載就跟過勞死差不多意思嘛，會被列為禁忌，大概只是人類的高層，怕下面的冒險者用來顛覆國家吧。」

「喂喂喂，你們扯到哪裡去啦！」一陣子沒說話的夏駱可好像不耐煩了。「今天的重點不是這個吧，你們討論烈火國侵略戰爭太久了吧，寫成小說都有好幾頁了。」

「偵探先生，不是烈火國侵略戰爭，是火之七日戰爭好嗎……」梅菲試著糾正夏駱可，但……

「兩位……都不是好嗎，是月牙森林大火。」

「總之，萊昂，請你更詳細地敘述你父親死亡那天的經過，還有案發現場的狀況。除此之外，我還需要知道你父親個人的資料，他的交友狀況、工作、債務、感情生活等，可以嗎？」

「那不如到我的仲介所說吧，那裡就是案發現場。雖然已經過了四年，但或許還能看出什麼蛛絲馬跡。」

於是我們喝乾杯子裡的香檳後，便往仲介所出發。

第三章

殺人仲介所

1

初心村的簡易任務仲介所位於村子西南角。

初心村被森林環繞，村子的形狀大約是接近圓形的多邊形，以初心教堂為中心，呈輻射狀發展。

仲介所就藏身於最外圍的森林裡。森林中有一條木板鋪成的小路，沿著小路走入森林，大約一百公尺，就能看到一棟兩層樓的小木屋。木屋周遭插著一根根木樁，木樁內藏著魔水晶，上頭有特殊的術式，透過魔水晶提供魔力，能張開驅逐野獸和魔物的法術。這是老爸為了客人的安全特別請人打造的，但對人類或惡魔沒有效果。

小木屋的一樓便是仲介所，二樓則是我們的家。

「根據老爸的說法，仲介所是他一個人搭建起來的。老爸曾經當過冒險者，成為冒險者後，他獲得了『建築』的天賦。他在這片森林中開闢出一塊空地，並用砍掉的樹木建造木屋。這條小路也是他鋪的。」在我們前往仲介所的路上，我順便說明了一下仲介所建築的概況。

「我從以前就想問了……」夏駱可說：「為什麼仲介所要蓋在這種地方？蓋在森林裡，附近沒半家商店，離冒險者住的公會又有一段距離。初心公會裡不是還有很多閒置的空地嗎？跟冒險者相關的機構，幹麼不蓋在公會裡面？更奇怪的是，如果非要蓋在森林裡不可，蓋在森林的邊緣、靠近人潮的地方不是比較好嗎？居然還要在森林裡走這麼長一段路。」

「這我以前也問過老爸，他說是他搞錯了位置。」

「蛤？搞錯？」

「原本是選在公會裡的，但送文件的時候，寫錯了一個字。原本應該寫位於初心教堂東南方五百公尺的地方，結果出了紕漏，寫成西南方五百公尺，一字之差，就跑到森林裡了。但老爸說他等不及重新跑一遍流程，就乾脆在森林裡蓋起仲介所了。」

「這也太離譜了！這麼重要的東西都能寫錯。」

「他就是這樣的豬頭啊。」

「但也不能全怪你爸，如果寫錯了，應該會被上級機關否決吧。居然沒有任何人發現，就這樣一層層送上去？真是隨便。還有，我早就覺得這個世界的座標系統也太馬虎了，居然是從各個村子的中心用方位角跟距離的方式計算。角度也不用數字標明幾度，用什麼三十二方位角？每個村子的中心還不一定都是教堂，真不方便。還是地址跟經緯線好用得多。」夏駱可開始碎起嘴來，似乎是在發洩以前大老遠從公會跑到西南角森林裡接任務的怨氣。

在夏駱可幾分鐘的碎唸後，我們到了仲介所。我拿出鑰匙，打開金屬大門。

「四年前，還沒有金屬製的門。」我向大家說明：「原本只是木板拼成左右推開的門，透過在裡面插上門閂防止外人侵入。四年前，事件發生時，門的中央被斧頭或大刀之類的武器劈開，門閂被切斷，之後重新整修，才裝了金屬門跟鎖。」

進入仲介所後，我指著大門旁的一塊空間說：「這個位置，之前就放著那個雕像。」

雖然現在已經空無一物，但我腦中仍儲存著雕像還在時的畫面。

老爸每天都會用絲巾擦拭雕像好幾次，每個月都會修補她臉上的金箔，上新的保護漆。他還買了項鍊、手環裝飾她，把她的雙手跟脖子都掛滿珠寶，變得像銀樓的展示架一樣。

真不知道他這麼做的用意是什麼？在我看來跟發神經沒兩樣。

「老爸，你不是早上才剛擦過？」

經常，在本應是點心時間的下午，老爸並沒有泡上一壺紅茶，而是泡了一桶肥皂水，蹲在雕像旁開始洗洗擦擦。因此我並不像其他小朋友，在放學回家後還能愉快地吃下午茶。

「真是的，地板都溼掉了。」

沒有客人的午後，回到家的我也閒不得。我用在學校學會的操屬性法術控制肥皂水，讓它流到屋外。

「你什麼時候這麼厲害啦？控制水流你都會！」

「老爸，這是上學期期末考考題啊。考試前兩天，你還說要示範給我看，把我拖到浴室，自己站到浴缸中，對著裡頭的水施法，結果放成雷屬性法術，把自己電個半死。難道你忘了嗎？」

「這麼丟臉的事，我早就忘啦！倒是你，居然會操控水流，以後幫我女神洗澡的工作就交給你啦。」

「我才不要，明明早上才洗過，照你這樣洗法，我的魔力都不夠用了。」

我還記得當我說完這句話的瞬間，老爸的臉上露出一種悲傷的表情，彷彿我說出了什麼惡毒的詛咒。那表情，不知為何，偶爾會突然占據老爸那張平時總是一副蠢樣、笑嘻嘻的臉。

當時我看見這個表情，連忙改口：「要……要我幫忙當然可以啦，兩、三天可以用水流法術清一次，其他時候用雞毛撢子拍一拍就行了吧。她已經很乾淨了。」

聽見我願意幫忙，老爸又回復平常嘻皮笑臉的神情。

「那怎麼行，我的女神可不能有一絲灰塵！你看你看，這裡有隻小蟲子。呼——好險有再擦一次，否則牠都要在上面產卵了。」

老爸在雕像的指縫間發現了一隻小蟲，便呼地一聲把蟲子吹走。虧他能在那麼細微的地方發現那麼不起眼的小蟲子。

雖然他總是糊里糊塗的，煮飯的時候把糖當成鹽、穿衣服的時候把反面當成正面、洗澡的時候把抹布當成毛巾，但只有兩件事他會細心無比地去做，那便是照料這尊雕像，還有仲介所的工作。

所以當老爸提到仲介所座標的事時，「我明明再三確認沒有寫錯，真是奇怪？」他總會這麼解釋，接著便會說：「不過沒關係啦，在森林裡工作，既安靜又能夠享受芬多精，工作效率也會跟著提升吧！」聽起來他似乎並不在意仲介所搞錯位置，但我隱約可以看見，那種悲傷的表情又偷偷爬上他的臉。

我將這些有關雕像的事都告訴夏駱可後，他四處走動觀察。

他應該很熟悉這裡才對，因為跟兩年多前相比，仲介所幾乎沒有改變。

「這幅畫，是你跟你父親嗎？話說這桌子怎麼裂了一條大縫啊？」

他立起了我蓋在桌上的一個小畫框。

「這是老爸請有『快速素描』天賦的客人畫的。那位客人很厲害，可以瞬間將看到的畫面絲毫不差地畫在紙上。他因為老爸仲介的任務，才發現了這個天賦的用法，所以幫我們畫了一張像答謝老爸。」

那時候我才不到十歲，畫面中爸爸蹲在我身旁，用手勾住我的肩膀。他開心地大笑，那是老爸的招牌笑容，他爽朗地露出滿口潔白整齊的牙齒。

「對，這就是我爸爸，皮耶爾．約翰．貝爾納。」

2

「老爸他原本是初心公會的冒險者，但他在戰鬥方面不怎麼在行。根據他自己的說法，是因為他都只鍛鍊威力強大的法術作為必殺技，但他本身魔力不足，使用一次就會耗盡魔力。在任務中，他經常用了必殺技卻沒打中，導致魔力見底，最後任務失敗。

「後來他放棄待在公會做任務，轉而參加公務員考試，進入了初心地區任務處理部門。之後，因為發現一般任務的種種弊端，例如戰鬥取向任務太多、不合理的等級限制、沒有分類就全部貼在公會布告欄等等，因此老爸針對等級較低的冒險者規劃了一套簡易任務系統。經過長時間的爭取，任務部門的主管機構帝國任務局，終於同意先在初心村設置簡易任務的實驗機構，就是這間由老爸擔任初代所長的仲介所。」

「這麼說，你父親是簡易任務的創始人啊。」

「沒錯，簡易任務制度正是他在二十二年前設計的，這裡也是全國第一間簡易任務相關機構。」

然而這間「簡易任務創始店」，還有老爸，卻因為地處偏鄉，並沒有得到身為開拓者應有的待遇。老爸沒有獲得上級的提拔，自始至終都只是可憐的小所長，這間仲介所的預算也永遠少得像小孩子的零用錢。人手極度缺乏，老爸還在世時，扣除身為所長的他，就剩下被他拉來打工、當時還是學生的我。

「你父親也待過初心公會啊，那他在公會有什麼朋友嗎？」夏駱可問。

「因為老爸待的時間不長，所以跟公會裡的人幾乎都沒什麼交情，但因為工作上的頻繁往來，跟初心公會的馬爾會長挺要好的。不過那也是在離開公會、成為所長之後的事了。」

「那其他朋友呢？」

「老爸是個足不出戶的人，可以說是孤僻的怪咖。從來沒看過他出門參加什麼朋友聚會，但他常常跟來這裡的客人聊天，要說朋友的話，就屬那些熟客了吧，但也只是有空會閒聊幾句的程度。

「除了客人之外，他也跟納維斯村的酒館老闆娘，米格蘭阿姨挺熟的。小時候，阿姨常常來陪我玩，對那時的我來說，阿姨就像家人一樣。但我十一、二歲時，阿姨因為一些緣故將酒館交給其他人打理後，就離開帝國了。

「聽說他們之所以熟識，是因為以前老爸還在公會的時候，動不動就往隔壁村跑。

但當了所長之後，別說是隔壁村了，連這間木屋都很少離開過，最多就到森林裡走走，獵一些小動物之類的。」

「照你這麼說，他從不出門，那也不會到村子或公會裡嗎？」

「嗯，就連買東西也請人送到家裡。因為老爸人緣算不錯，還會付小費，村子裡的商店都很樂意幫他送貨。有時候他也會讓我幫忙跑腿。」

「寧可多付錢也不願出門嗎？那工作上呢？不會有需要出門的時候嗎？」

「通常不會。跟上層機關的溝通或會議用魔力通訊系統，正式的公文則用信鴿送到村子裡的郵局。只有幾次真的需要到現場勘查任務內容的特殊案例，那個懶骨頭都會差遣我去。」

「這麼說來，還沒接下所長之前，你就已經在這裡工作了？」

「表面上只是假日或有空的時候幫個忙，但我總覺得，自己已經跟一個正式職員差不多了。那時候做的事，說不定還比鬍碴現在做的事還多。也因為這樣，我很熟悉仲介所的事務。老爸死後，馬爾會長、任務部門的高層、村民、冒險者們，很多人建議我直接接下所長，說『除了你以外沒有人能夠勝任』、『你不當所長的話仲介所說不定會倒閉』等等的。半推半就下，我才當上所長，不然我都已經準備要去當歷史老師了。我有百分百的自信能通過檢定考！」

「歷……歷史老師啊，難怪感覺你很懂歷史。但我對歷史老師沒什麼好印象呢，以前上課的時候，我不是睡覺就是畫課本，每次都要挨歷史老師的罵。」

「為什麼？歷史不是很有趣嗎？」

「痾……每個人的興趣不一樣嘛。不說這個了，說回你父親，他是當了所長後，才變得不愛出門？」

「其實我也不清楚，但我有記憶以來，他就一直是那樣。他似乎是在我出生的那一年當上所長的，所以……」

「所以或許也可以解釋成，在你出生後，他變得不願離家。」夏駱可接續我沒說完的話。

「但我想老爸不出門，跟我沒有關係吧。如果他是為了保護我，那他反而應該離開家裡，跟我一起上下學之類的。但相反地，從我七歲起就讀冒險者實驗學校，都是自己靠學校的接送馬車上下學，老爸頂多送我到森林邊緣，看著我上車。我看只是他自己懶得出門罷了。」

「你父親的腳有受過傷嗎？」夏駱可問。

「沒有，他在家裡，或在森林裡走動的時候很正常。」

「他很常在家裡走動？」

「嗯，常常沒事就看到他在家裡，或是在門口走來走去，既擋路又礙眼。」

「這樣看來，他不是個成天坐在椅子上不動的馬鈴薯。那會是什麼原因讓他不願出門呢……」

其實我也不是沒有疑問。

小時候，我總愛纏著老爸，問說：「為什麼其他同學都會全家一起出去玩，我們卻老待在家裡？」

記得有次這麼問後，老爸心血來潮地說：「好，那我們就去露營吧！」

於是我們在家裡找到了一張上頭有奇怪漩渦圖案的獸皮，用它搭成了帳篷；撿了樹枝升起營火。我們就在營火邊烤肉、唱歌、說故事……

就在離家不到十公尺的樹林裡。

那個時候我非常高興，覺得老爸雖然不像其他人的老爸，會帶他們去名勝景點，但老爸已經盡力在滿足我的要求了。

現在仔細想想，臭老爸八成只是在敷衍我罷了。

「算了，每個家裡蹲的人都有一些苦衷。很久以前，我也是能不出門就不出門的，那種被稱為尼特的人。」夏駱可這麼說，但是我並沒有聽過尼特這種說法。

「那他的債務狀況呢？有沒有跟人結仇？」夏駱可繼續問道。

「據我所知，他平常都沒有欠錢。但他死前訂購了不少仲介所要用的東西，卻沒有留下錢。那加起來也是一筆不小的數目啊，我可是忙了大半年，才把那些錢還清。」

「但那感覺不是會成為殺機的債務呢。」夏駱可點了點頭，然後說：「大致上我都了解了，但好像你有一件事一直沒提到……

「你的母親呢？」

「我不知道。」

「咦？」

我是真的不知道，從小我就跟老爸相依為命。

等我開始上學，知道原來其他人都有媽媽之後，我也問過老爸，媽媽呢？但他不是沉默，就是轉移話題。

印象中，我最後一次提起媽媽時，我說：「為什麼你連編個『去天國旅行了』、『到很遠的地方了』之類的說法，都不願意呢？」

「因為都不是……我實在不知道該怎麼跟你解釋，但其實你母親一直都在，一直都陪著你。」

我得到這明顯是鬼扯的回應。

這個臭老爸，平常愛開玩笑就算了，居然連回答這種問題都在說謊。

還是這種沒人會相信的爛謊。

之後我就沒再問過了……

「所以你也不確定你的母親是死是活，身在何處？」

「是這樣沒錯。」

「這麼說，你父親是你唯一的親人對吧？放心，這案子就交給我吧。唯一的親人死於密室殺人，你一定苦惱了很久吧……」

我完全不苦惱，早就不在乎了。我本想這麼說，但看夏駱可一副熱血沸騰的樣子，我又把話吞了回去。

「不過……前提是，你要提供我足夠詳細的資料。關於你父親，我猜，你還有一個重要的資訊沒有告訴我。」

3

聽到夏駱可的問題，我愣了一下。我的確是有件事沒說，但不是刻意隱瞞，是我不知道該不該說。

「你的名字，是你父親取的，對吧？」

「痾……是的。」

「那麼……如果我猜錯的話，還請原諒。你父親……是『轉生者』，對吧？」

他怎麼知道老爸是轉生者的事？

轉生者，是大約一百年前開始，零星出現在這個世界的特殊冒險者。在初心地區這樣的新手地區特別常見。

轉生者大約占全部冒險者的百分之一，但這只是非常粗略的統計，因為轉生者經常隱藏自己的身分，所以真正的數量難以得知。

他們是由女神從其他世界帶來的。

「之前的世界」、「有Wi-Fi的世界」、「原本在那裡活得好好的世界」，相較於這個世界，有「瑪基歐魯斯」這個統一的名稱，轉生者原本的世界則有各種不同的稱呼方式，然而最普遍的說法是——「地球」。

轉生者因為各種原因在地球死去。被交通工具撞死、被強盜殺死、工作過勞而死，甚至還有自稱被女神殺死的。總之他們死後，靈魂被女神希佩帶來瑪基歐魯斯，成為冒險者。

「你爸爸當初在阿富汗打仗的時候，可是吃了十幾發AK-47的子彈才倒下的呢。啊！你不知道AK-47是什麼吧？就當作是可以連射三十發不用裝火藥的火繩槍吧。我以前可是都跟這種怪物戰鬥呢！」

根據老爸的吹牛，他在地球時，似乎是在戰爭中死亡的。

轉生者在女神的幫助下，獲得了再活一次的機會。女神會灌輸他們在這個世界生活所需的知識，讓他們像正常冒險者一樣生活。不過有野史記載，女神在給予知識的時候，經常漏東漏西。

仔細想想，小李或許也是轉生者，因為女神的缺失，才會不知道有關超載的事。那時候夏駱可好像也說了女神怎麼樣的。

總之，這些轉生者獲得了第二人生，然而這第二人生，通常都不怎麼順遂。

其中一個原因，是因為轉生者的特異體質。

瑪基歐魯斯的冒險者，可以透過一般任務與戰鬥獲得經驗值，累積經驗值就能升等；等級越高，每天能使用的魔力就越多。在這無處不用魔力的世界，魔力自然是越多越方便。

但轉生者透過解任務和戰鬥獲得的經驗值，相較於一般冒險者，可說是少到幾乎沒有，因此他們只能依賴天賦技能。只有使用天賦技能，獲得加成，轉生者才能夠真正獲得經驗值。

然而諷刺的是，一般冒險者，往往會得到「魔物收服」、「風屬性法術傷害加成」、

「武術威力加成」等等，對戰鬥有幫助的天賦，但轉生者的天賦，卻經常奇怪得令人匪夷所思。

獲得「廚藝」、「建築」之類天賦的轉生者，已經算是萬裡挑一的幸運兒了。雖說在戰鬥中用不著，但至少能在生活中派上用場。有許多轉生者拿到諸如「裸奔」、「爬樹」、「高速入睡」這些，不知該用在何處的天賦。

甚至，在《初心地區軼聞紀錄》這部野史有這樣的記載：帝國曆三百七十二年，有個拿到了「用屁股走路」天賦的轉生者，他有二十多年的時間都卡在LV.2。有天他靈機一動，決定試試看從沒用過的天賦技能。

他開始用屁股繞著村子走，他用屁股走路的速度，竟然跟一般人正常走路一樣快。就這樣，他繞著村子走了一圈又一圈，從日正當中走到弦月高掛，終於，他升到了LV.3。於是他拖著滿是擦傷的屁股回家了。

後來，他乾脆都用屁股走路，就連出任務也不例外，還特製了一個專門用來走路的既像鞋、又像坐墊的玩意兒。最後，他甚至把自己的腿給砍掉，村裡的人有的嘲笑他的滑稽模樣，有的覺得他精神異常。他就這麼活在異樣的眼光之下，但他始終深信，可以透過自己的天賦升到百等以上，享受村裡的最高待遇。

後來他長了痔瘡，最終死於失血過多。

他死去的那一天，等級是LV.6。

當時看到這篇紀錄，我很慶幸我的天賦是「畫面記憶」。

轉生者因為天生的因素，往往都維持在低等，這已讓他們活得夠辛苦了。雪上加霜的是……

瑪基歐魯斯的人們，還非常排斥轉生者。

所幸轉生者的外表與一般冒險者無異，加上普通冒險者也有一大票在升等上一籌莫展，因此他們很容易偽裝成天資駑鈍的普通冒險者。

老爸就是其中之一。

「我不是故意要隱瞞這一點的。」既然被發現，我只好坦白。

「你可以告訴我，沒關係的。你應該知道吧，我也是轉生者。」夏駱可毫不忌諱地承認自己的身分。「畢竟我以前還號稱『轉生神探』呢……雖然現在變成什麼『狗吃屎神探』就是了。」

「好像有聽說過。」我之前是聽翡碴說的。

「那我再偷偷告訴你，其實小李也是轉生者。」

果然是這樣，小李也是從地球來的。

「她跟我一樣，不在乎被人發現。你又是我朋友，如果你直接問她的話，她肯定也會大方地承認。」

「這麼說來……」我想起了剛才在偵探事務所發生的事，「她那時候不喝香檳的原因是……」

「因為在地球的時候，她的國家法律規定十九歲以上才能喝酒。」夏駱可說明：「轉生者有時會出現這種困擾，因為腦袋裡同時塞了瑪基歐魯斯和地球的知識，所以偶爾會搞混。」

沒想到身邊有這麼多轉生者。不過我也沒跟別人說過自己是轉生者的兒子，說不定以前的同學、朋友、鄰居，裡面也有不少隱瞞自己身分的轉生者。

「你猜得沒錯，老爸他是轉生者，但他終其一生都隱藏著這個身分。除了我以外，應該只有馬爾會長跟他以前在任務處理部門的少數幾個同事知道而已。而我身為轉生者的後代，也很少向人提起。」

「照你這麼說，並不是完全沒有人知道。」夏駱可沉思了一會兒，然後說：「轉生者的身分，或許跟犯案動機有關。」

「你是指，有人只因為老爸是轉生者，就對他痛下殺手？這有可能嗎？」

「並不是沒有可能。雖然這個問題在初心村並沒有這麼嚴重，但轉生者還是經常被視為異類，受到排擠……對了，萊昂，你說你以前想當歷史老師，那你對社會學、心理學之類的，應該多少有點研究吧。可以問個題外話嗎？」

「好啊，我盡我所能回答。」

「我是三年前轉生來的，我這三年一直很納悶，為什麼轉生者會受到如此嚴重的排擠？只是因為升等慢，所以被當成異類嗎？但普通冒險者也有很多人，等級升得比轉生者還慢吧？我就認識一個三年升不到一等的大姊……不過她老是在偷懶就是了。」

「這個嘛……」

由於自己的身分，我確實曾經讀了一些跟轉生者相關的研究。

「主要有幾個原因：第一點，因為曾經將世界化為焦土，如今仍與人類水火不容的魔物們，也是在大約五百年前，從其他世界來的。因此瑪基歐魯斯的人們，對其他世界來的人抱有恐懼、不信任感，也是無可奈何。」

夏駱可點了點頭，「原來是這樣，這點我可以理解。」

「第二點，則是因為轉生者的宗教信仰。有許多轉生者來到瑪基歐魯斯，仍保有在地球的信仰，而瑪基歐魯斯的人類居民普遍信仰女神希佩，彼此難免會因信仰不同產生衝突。此外，經常出現轉生者對女神不敬、褻瀆女神的案例，這讓一些信仰虔誠的人對轉生者感到不齒。」

「我說萊昂啊，這不能怪我們啊！」夏駱可擺出無可奈何的表情。「你有見過女神本人……不對，女神本神嗎？應該沒有吧。你說你以前讀冒險者實驗學校，據我所知，那所學校的學生，都是透過駐校祭司授予力量成為冒險者的。」

「我確實沒見過，但就算不是學校出來的冒險者，也只有少數能被女神親自授予力量。聽說女神偶爾會帶著親自授予力量的新人冒險者降臨各公會，但我從沒見過。」

「唉，這也難怪。」夏駱可的臉上露出哀怨，還嘆了一口大氣，「算了，不提那個女神了，會倒楣的。你繼續說吧。」

「還有第三個原因就是，許多瑪基歐魯斯的人，尤其是非冒險者的一般人，覺得轉生者很自大。」

「自大？怎麼說？」

「許多轉生者總喜歡宣稱自己被神所選，以為自己有特別的力量，老愛誇口說自己一定是打倒魔王的那個天選之人，但下場多半是終生低等、庸碌無能地結束一生。還有一些男性轉生者動不動就覺得女孩子喜歡自己，幻想能同時交上好幾個女朋友，誇口說要建立自己的後宮，甚至會性騷擾瑪基歐魯斯的女性。」

「呵呵……那些人肯定是某個類型小說看太多了。」夏駱可苦笑著說。

「還有，許多一般人認為，轉生者對自己有明顯的差別待遇。他們覺得轉生者對待其他冒險者的時候，明明可以正常交談互動，可是遇到商店店員、旅店老闆之類一般人的時候，卻總給他們一種特別冷淡的感覺。就好像不把他們看作真人，只把他們當成為了服務自己而生的工具。」

「呵……那些人遊戲玩太多了，以為別人都是NPC吧。」夏駱可又苦笑了。

「主要就是這三個原因啦，其他還有『轉生者講話常讓人聽不懂』、『跟轉生者一起出任務經常被扯後腿』等等。不過話說回來……你是怎麼發現老爸是轉生者的？」

我從小在瑪基歐魯斯長大，照理說身上沒有一點轉生者的痕跡，難道是老爸在仲介所留下了什麼只有轉生者才看得懂的暗號？或是夏駱可他有一套識別轉生者的方法？

「因為你的名字。」

「名字？」

記得以前，老爸跟我說過，有關我名字的故事。

「想當初你爸爸在阿富汗打仗，那時候的老婆在家鄉，已經懷孕五個月了吧。從超音波照出是個男孩開始，我跟老婆就一直為了孩子的名字煩惱。我說要叫萊昂，她想要叫雨果，最後我們決定兩個都採用。

「等這場戰爭結束，我可愛的萊昂．雨果應該就出生了吧，他抱起來是什麼感覺呢？會先叫爸爸還是媽媽呢？正當我在阿富汗的山谷，拿著超音波照片，幻想溫馨的家庭生活時，一發狙擊槍的子彈貫穿了我的腦袋。我才知道，原來電影演的都是真的。在打仗的時候看照片，或是想起家裡的事，那就是陣亡的前兆啊……所以萊昂，做事一定要專心才行。要是你爸爸那時夠專注，狙擊槍子彈什麼的，頭一撇就閃過了！」

「老爸，你之前不是說被什麼A什麼47打了十幾發才死的，現在怎麼變成一發狙擊槍子彈？」

「那種小地方不重要啦！重點是被擊中之後，我見到了女神希佩，她說我在軍中訓練的戰技，一定能幫助這個世界擊敗魔王，於是就把我弄過來了。事後證實，軍隊裡學的技術在這裡一點屁用也沒有，但有活第二次的機會，其實我挺感謝希佩的……不過那個臭婆娘真的應該改一改她的態度……

「總之，來到這裡後，我有了小孩。這是我的第二次機會，大概也是最後一次，跟我可愛的萊昂．雨果一起生活的機會。這次終於不再是幻想，是真的把你抱在懷裡，真的聽你叫我爸爸……雖然你現在都叫我老爸，我希望你可以把老字去掉。」

「老爸本來就很老嘛。」

「嘿，你這個臭小鬼！」

現在回想起來，這個名字，是臭老爸在地球的時候就已經取好的。

「你的名字，是萊昂．雨果．貝爾納。」夏駱可說：「而你剛才介紹你父親的名字，是皮耶爾．約翰．貝爾納。

「萊昂、雨果、皮耶爾、約翰，這四個名字，都是地球上一個國家——法國，常見的名字。貝爾納這個姓氏也是法國的大姓。

「或許在瑪基歐魯斯人眼裡，這只是一個普通的名字，但就稍微有點敏感度的轉生者看來，這是個非常有法國風味的名字。土生土長的瑪基歐魯斯人，在命名的時候剛好取了一個法國名字，也不是不可能，但你父親跟你都有著法國名字，我想這是巧合的機率很低。而你的名字是你父親取的，所以我猜測他是從法國，或是其他法語系國家或地區轉生來的。」

「好厲害啊，夏駱可！你不是說以前上課都在睡覺？居然懂這麼多！」

「這叫做睡眠學習法！」

「老爸的確跟我說過，他的故鄉是地球上一個叫法國的國家，他是在帝國曆四百八十七年轉生來的。他在地球時是一名軍人，有一個老婆。他轉生前的事，我大概就知道這麼多而已。」

「那麼整起案件，或許可以朝向對轉生者的仇恨殺人調查。不過……」

說到這裡，夏駱可的眼神爍爍發光。

「這個案件還有密室、奇怪的行凶手法，諸如此類的謎團未解，現在下定論還言之過早。」

「那我們趕緊上二樓吧，案發現場的書房就在那裡。」

4

二樓有三間房間。一間是我的房間，一間是老爸以前的房間，現在被我當成書房使用。最後一間就是原本的書房了，事情發生後，除了整理東西，我沒再進去過。當時的打掃真是辛苦極了，幸好翳碴也來幫忙，否則我一個人根本忙不過來。如今，書房裡重要的資料都搬走了，血跡也洗乾淨了，但剩下的書櫃、桌椅等等，仍維持當時的樣子。房門則是四年前我破門而入時弄壞的，至今沒有修理。

如果再搭配上我用「畫面記憶」天賦記下的影像，即使已過了四年之久，要分毫不差地描述當時的現場給夏駱可，也絕非難事。如果有必要，我甚至可以把當時房間裡的血跡、屍體的位置，按照記憶重新畫出來。

「那間是我的房間，不過我以前除了讀書、睡覺，很少待在裡面。老爸總是叫我不要一直待在房間，要我多待在一樓大廳。

「然後，那間是以前老爸的房間，現在我當成書房使用。

「原本的書房則在這裡。」

夏駱可並沒有直接走向書房，反而是盯著我房間的門看。

「不是那間啦！我……我房間的門沒什麼好看的啦！老爸死的地方是書房！」

我帶領夏駱可進入書房。

真是好險，那個差點就被發現了……

他進入書房後，摸了摸門、桌椅，又在牆壁上敲敲打打。

「這間書房沒有窗戶呢。」他說：「門是一片薄薄的木板，在內側用門閂插上來上鎖，隨便一踢就開了吧。」

「我當時就是把房門踢開，才發現死在裡頭的老爸。」

「可以請你詳細說說那天的狀況嗎？有沒有什麼不對勁的地方？或是特殊的訪客？」

「那天……」

我記得，那天是個星期天，仲介所公休的日子。

那時我已經成為冒險者幾個月了，平時住在初心公會裡，兩人合住一間的宿舍。我每天晚上都挑燈夜戰，為即將到來的教師檢定考做準備，但我的室友每晚都會打呼放屁兼磨牙，我總是忍受著這些噪音，強迫自己專心。到了考前十天，剩下最後衝刺時間了，我決定回家閉關苦讀。

我向馬爾叔叔請了十天的長假，填了一堆有的沒的資料後，才終於回到離公會根本沒多遠的家裡。聽說別的公會回家都不需要申請，但沒辦法，馬爾叔叔就是特別在意這些細節的人。他跟老爸工作起來都毫不馬虎，也難怪他們能成為好友，但跟老爸不同的是，據說馬爾叔叔私下生活也是一絲不苟。

經過一個星期的努力，我自認已經十拿九穩了，時間還剩下三天，正好這時學校也開始放長假。跟我同年齡，卻仍在學校掙扎的學弟鬍碴，約我到村子裡參加一年一度的大市集活動。

這是初心村特有的活動，最早可以追溯至帝國曆兩百五十年，是村裡的家家戶戶，將家裡用不到的東西拿出來販售的日子。當天在村民廣場隨意擺攤不會遭到取締，初心村的村民幾乎人人都會參與，此外也吸引不少外地人特地前來逛市集。

但老爸倒是從不參加，頂多叫我拿些東西去賣賣看。

「要出門啊，你書都讀完了嗎？」那天，正當我打算前往村民廣場與鬍碴會合時，老爸叫住了我。

「老爸，你怎麼又在擦雕像？」

「稍微擦一下，擦完我就要回書房整理文件了。倒是你，很有把握喔？考前三天還出門玩。」

「我要去村子裡逛逛大市集，這次資格考我已經十拿九穩，不，是十拿十八穩。已經沒什麼事可以阻擋我了，我——要——當——老——師！」

「我說你啊……真的不考慮繼承一下老爸的仲介所嗎？你在這裡幫忙的表現，好到連上級機關的大人物都很肯定你呢。如果你願意接下所長，老爸就可以安心退休了。」

「老爸，你要我說多少次，我是不會放棄歷史的。再說，你如果退休了，也只會成天待在家裡發呆吧。那還不如多做幾年，老爸你就健健康康地做到一百二十歲吧。」

「唉……」老爸臉上的笑容，不知什麼時候消失了。「我都不知道，應不應該再撐下去……我的女神啊，十八年了，是不是有點太久了呢？」

老爸擦一擦雕像，居然還跟她說起話來了。

「那我出門啦！下個星期我就是歷史老師了，老爸你最好開始物色其他繼承人選。」

那是我對老爸說的最後一句話。

那時候我還不知道，仲介所所長該負的責任以及該付的帳單，將會像落石一樣，毫無預兆地往我頭上砸。

我跟翻碴會合後，便一起在市集尋寶。這是翻碴一直以來的興趣。大市集以外的日子，他也喜歡逛一些小型跳蚤市場，亂買一些莫名其妙的東西。

「哇！萊昂老大你看！」

「為什麼叫我老大啊？我可不記得收過你這種留級小弟。」

「你看這個戒指，居然賣一金幣欸……也太貴了吧，我看它最多值八十銅板。」

「白痴，太大聲了！老闆在瞪你……啊啊，真是不好意思，老闆，這個人經常這樣亂說話——」

「老闆！給我兩個！」

「咦，你不是嫌貴？居然還一次買兩個？」

「哈哈！逛這種市集，就是要享受亂花錢的快感啊。如果買到划算的東西，反而會覺得哪裡怪怪的。」

有時候我真的無法理解髫碴的思考方式，就好像我們兩個是不同的物種一樣。

我們把市集從頭到尾逛了兩、三遍，途中還找到了號稱夢幻逸品的絕版戰棋遊戲，以地獄的魔鬼與天堂的天使間，史詩級戰役作為遊戲背景的——「闇天堂大亂鬥」。我跟髫碴一人出五金幣將它買了下來。

我提議到我家通宵大亂鬥。於是我們離開市集，往我家，也就是仲介所前進。

「等一下。」才剛要進入森林，髫碴突然眉頭一皺，「老大，你先走吧，我回去市集的公廁拉個屎。」

「你剛剛買戒指之前不就上過了嗎？還上了將近半個鐘頭欸，而且到我家再上也可以啊？」

我十分不解，因為比起市集的公廁，仲介所明顯更近一些。

「來不及啦！老大你趕快先回家吧。」

說完，鬍碴往反方向全力衝刺，消失在我視線的盡頭。

於是我便一個人走進林間小路。

在小路的盡頭，我看見了仲介所被撬開的大門。

我急忙衝進木屋裡，門邊的雕像已經四分五裂，而且缺少了頭跟胸部的部分，雕像脖子上的項鍊、手上的手環，也全都消失了。

老爸呢？發生這麼大的事，他不可能沒察覺。

帶著極為不妙的預感，我衝上二樓。

書房的門縫底下流出一灘鮮血，血液還沒凝固，我顧不得弄髒鞋子跟褲管，一腳踩了進去。

我試著推開房門，但門被鎖住了！

我貼著門又敲又打、又喊又叫，裡面始終沒有任何反應。

沒辦法！我一腳踹開書房的門。

老爸頭朝向門這一邊，倒臥在血泊中。

以他的姿勢和倒地的位置來看，他死前似乎打算打開房門的樣子。

書桌上還擺著處理到一半的文件，房間十分整齊，沒有任何打鬥跡象，但我事後檢查保險櫃，發現裡頭少了一大筆錢。保險櫃用的是魔力鎖，照理來說只有用我或是老爸的魔力才能打開，而我上星期記帳的時候，錢明明都還在。只有可能是老爸自己拿去花掉了。

看見倒臥的老爸後，我把他的身體抱起來，乍看之下，找不到有足以流出這麼多血的傷口。露在衣服外的頭、臉、雙手、雙腳，雖然沾滿了血，看起來卻都毫髮無傷。

衣服也完好無缺。

難道傷口在衣服底下？

我掀起了衣服，看見了那個洞。洞開在心臟位置，大到足以讓我把手直直穿過老爸的身體。

原本應該在那個位置的心臟……

消失了。

5

聽完我的描述後，夏駱可用地球的語言說了一個諧音笑話。

隨之而來的尷尬氣氛，令我陷入該不該放棄調查的沉思中。

「沒關係的，夏駱可，如果查不出來就算了。我知道這件案子很詭異，也早就不抱希望了。其實我一點也不在意臭老爸是怎麼死的。」我說。

老實說，現在放棄，對我又有什麼損失呢？

反而還可以跟鬍碴說：「偵探沒查出真相，所以我贏了！」這樣白賺他一年薪水。

但是……

「但你心裡也想弄明白吧？那天的事。」

我的腦海中，突然響起馬爾叔叔對我說過的這句話。

「我應該只是為了跟鬍碴打賭才來的啊？」我這麼告訴自己。

如今我已經搞不懂自己真正的想法了。

但你心裡也想弄明白吧……你心裡也想弄明白吧……你想弄明白吧……你想弄明白吧……你想弄明白吧……你想弄明白吧……你想弄明白吧……想弄明白吧……想弄明白吧……想弄明白吧……想弄明白吧……

「萊昂？你還好吧？」

「吵死了！閉嘴啦！」

我一不小心，將心裡的回音與真實中夏駱可的聲音重疊了。

想抵抗那股聲音的語言，就這麼脫口而出。

「抱歉……我不是故意要凶你的。」

「你很困擾吧？這可不是不在乎的人會有的反應喔。」

「我……」

「放心吧。」夏駱可拍拍我的肩，「我們事務所就是為了解決大家的困擾才成立的，最近都變得有點像萬事屋了。不過這就是我在這世界找到的『我該做的事』，所以我會盡我所能為你服務。」

夏駱可又露出僵硬的笑容，看起來像是中風了。不過我感覺得出來，雖然不擅長微笑，但他想替我解決問題的心是真誠的。

「雖說如此，情況比我想像的還要詭異，我得好好整理一下。」他接著說：「首先是房門，雖然構造簡單，容易破壞，不過這個結構反而沒辦法出去之後從外面上鎖。你父親在書房時，都會把門鎖上嗎？」

「對啊，因為從走廊吹進來的風，會把書房的門吹得晃來晃去、嘎嘎作響，所以老爸都會習慣用門閂從房間內把門固定住。如果不破壞門，裡面的人又不打開，是沒辦法進去的。所以我懷疑老爸是自殺。」

「你是說，他自己挖出自己的心臟？」

「如果用一些法術，是辦得到的吧。老爸以前也當過冒險者啊，說不定他用了他以前學過的法術自殺。

「再加上保險櫃裡消失的錢、迫在眉睫的帳單，這不就是『留下債務自殺的懦夫』經典款嗎？我就是那個倒楣的『父債子償』受害者。

「於是我只好天經地義地，拿出我的所有積蓄替他繳錢，結果還是不夠。我又到處借錢補洞，甚至跑去跟以前當助理時的教授借錢，才好不容易還完。籌錢的同時還要處理仲介到一半的案子。那陣子，不光身心俱疲，每個認識的人，我幾乎都欠他錢。走在路上看到有人靠近自己，都會懷疑他是不是來討債的？這一切的一切，都要怪臭老爸就這麼把爛攤子都丟給我！」

一回想起那段日子，我開始變得咬牙切齒，雙手也不自主握成了拳。

「聽得出來你很生氣呢。」

夏駱可突然抓住我的手腕。

「你看你，氣到手都發抖了。來，放鬆，吸吸吐、吸吸吐——」他一邊說著，一邊將我緊握的拳頭，舉到半空中甩來甩去。

「我知道，當事情出了問題，找個人對他生氣，是宣洩情緒很有效的方法。但你先冷靜一下，有時候憤怒會蒙蔽人的雙眼喔。」他說：「如果你父親是自殺的，那就太不合理了。我不知道他會使用什麼法術，先不提他能不能辦到，光是動機就令人費解。自殺是再簡單不過的事，如果要自殺，有什麼理由讓他非得這麼大費周章，而不是選擇一條繩子或一包毒藥？

「再說了，四年前的你，靠四處借錢能還完的數目可能不小，但應該不是什麼天文數字吧？為了那麼一點錢自殺，你父親真的有那麼軟弱嗎？」

老爸有那麼軟弱嗎？

不，老實說，他堅強得很。

或許因為在地球時是個軍人的緣故，「男兒有淚不輕彈」是他畢生的教條。跟他一起生活的十年，我也從來沒想過他會自殺。

老爸果然不是自殺的嗎？

如果老爸不是自殺的，那我的人生計劃，究竟是被誰給破壞的？

到底是誰，害得我必須接下仲介所，每天做自己不喜歡的工作。

可惡，那到底是哪個王八蛋！

「所以說……」夏駱可的手還抓著我的手腕，像樂隊指揮一樣，用我的手畫著圈圈。「就算要生氣，我希望你對該生氣的人生氣。」

「該生氣的人？是指真正的凶手嗎？」

「沒錯，既然不是自殺，那應該就有真正的凶手。但如果是他殺的話……」夏駱可繼續說道：「要致人於死，何必那麼費勁挖一個大洞？這種死法，若不是在戰場上，無論是自殺還是他殺都很奇怪。就算將衝擊波修練到滿等LV.30，最多是把人整個彈飛。要挖出一個洞，應該要有特殊的武器，例如騎兵長矛，再加上一段距離的衝刺，但如果是這樣，房間不可能那麼整齊。

「或是……凶手用了某種我們不知道的罕見法術，甚至有可能是他自創的複合型法術。但不管是什麼法術，想必等級與學習門檻都不低，才能有如此一擊必殺的效果。」

「或許犯人是用常見的工具，像是刀劍之類的，慢慢割出一個洞。」我說。

「但你到現場的時候，血都還沒乾吧？」

「是這樣沒錯。」

「血液大約三到十五分鐘就會凝固。你抵達時，地上都是液態的血，那就表示你父親應該剛死去不久。凶手並沒有太多時間行凶。還記得你是幾點回到仲介所嗎？」

「回家的時候我有看到時鐘，分針剛過十分的位置，應該是三點十幾分。」

「嗯……那死亡時間，最早應該是三點左右。」

「啊！還有，老爸那天穿著胸口帶有護甲的衣服，但衣服卻毫髮無傷。難不成攻擊穿過了衣服，直接對身體造成傷害？有這樣的法術嗎？」

「這點倒是不成問題，只要威脅你父親，讓他把衣服脫了再動手，等他死後再幫他穿回去。或者那個洞根本是死後才挖出來的，這樣連威脅都省了。」

原來還有這種做法，我都沒想到！

「可是為什麼要這麼做？」我問：「如果有貫穿整個身體的威力，衣服跟一塊薄薄的護甲自然是不在話下吧。他果然是用小刀慢慢割的？可是短時間內又沒辦法挖出那麼大的洞……到底是怎麼回事？」

「不知道，這還需要更多的資料才能判斷。總之，我們先下樓去吧。」

事到如今，雖然我還是想要贏下這把賭注，卻又暗自希望夏駱可能夠查出真相。但夏駱可走下樓梯時，臉上明顯寫著「苦惱」兩個大字。看來他是遇上瓶頸了。

抱歉了鬍碴，一年份的薪水我就收下了。

正當我為勝利竊喜著，發現夏駱可的眼神仍在發光。提起密室時，他眼裡的那種光芒仍舊沒有黯淡下來。

到了一樓，就看見鬍碴跟小李坐在櫃檯裡。

「將軍！這樣下一手，我的月之阿比天使，就能吃掉你的魔鬼嘻嘻嘻大王了！」

「怎麼可能，你的阿比剛剛根本不在那裡吧！你……你趁我看規則書的時候，偷動棋子對吧！」

「抱歉了，美麗的女孩，但是兵不厭詐，這就是戰爭！」

他們在玩「闇天堂大亂鬥」。

「唉呀！這種花色的真的很少見呢。這美麗的漩渦圖案，簡直就像將死之人空洞的眼神。」

梅菲則趴在門口，用放大鏡觀察地毯。

「喂，梅菲！那不是我的『放大・鏡次郎』嗎？難怪我覺得好久沒有看到他，原來是你拿去用了？」

「唉呀，被發現了！還不都是因為偵探先生你每次都不用他來觀察現場，頂多用他在事務所的空地燒螞蟻。」

「我哪有燒螞蟻啊？」

「我要是鏡次郎，我都想哭了……啊！我聽到了，鏡次郎說：『不要再拿我來殘害動物了……嗚嗚嗚……難道你覺得我是刑具嗎？嗚嗚嗚。』偵探先生請好好反省，到最後用鏡次郎四處觀察的居然是我，到底誰才是偵探啊？」

「好啦、好啦，那你在看些什麼？」

「這個地毯，可厲害了！」

梅菲指的是放在門口，一塊獸皮製成的地毯。從我有印象以來，這塊地毯就一直放在那裡。

「不就是一般的熊皮地毯嗎？」夏駱可問。

「我也以為是普通的熊皮，因為老爸說是他獵到的，所以我想應該不是什麼了不起的玩意兒。」

「唉呀，有眼無珠的人類啊！若這真是你父親獵的，那他可厲害了。這是『克魯魯熊』的皮。克魯魯熊並不是熊，而是長得像熊的魔物，最早是由魔王軍帶來的。」梅菲說道。

「這麼說來，新帝國初期，魔王軍以四處野放魔物作為戰略，企圖造成人類方大量傷亡。最後雖然絕大多數被冒險者撲殺殆盡，但似乎還存在一小部分，最終演化成野生魔物，存活於生態系。這種克魯魯熊也是其中之一嗎？」

「萊昂先生真清楚！這種魔物有著熊的外表，但尾巴的部分長了三到五根粗壯而尖銳的觸手，每個觸手都長有口器，可以用來進食。這種魔物最喜歡吃人類的腐肉和內臟，具有強烈的攻擊性，而且智商很高，會瞄準獵物的要害，用觸手尖端迅速攻擊，同時吞下他們的血肉。」梅菲這麼解釋道。

「所以梅菲啊——」夏駱可走向梅菲，一把搶走他手上的放大鏡。「我們在樓上講了那麼久，你就只趴在這裡看熊皮？」

「當然不是，我還透過魔力通訊系統，問了下騎士團有關這個案子以前的調查紀錄。他們說曾經抓到一名嫌疑犯，就是將雕像跟珠寶首飾銷贓變賣的人，不過最後因為罪證不足，當作一般闖空門的，關了兩年就放出來了。」

「既然如此……我們先去找騎士團問得更詳細一點吧。萊昂，你要跟嗎？」

「我……」

「跟！當然要跟了！大師我要跟！老大也說他要去！」

鬍碴？居然又給我來這套！

「那好……喂，小李！走了、走了！」夏駱可喊道。

既然情況演變成這樣，我只好跟著叫喚鬍碴：「鬍碴，走吧！」

沒想到這小子嘴上說要去，屁股卻還坐在櫃檯裡動也不動。

「不行啦！小李小姐！你的魔鬼森克不能這樣跳啦！」

「管你的！兵不厭詐！這樣你的天使薩達爾已經走投無路了，乖乖認輸吧！哼哈哈哈哈哈！」

他們到底是想查案還是想玩啊？

第四章

菜園裡的老人

1

離開仲介所後，我們向帝國騎士團初心村分部前進。

騎士團裡，似乎有夏駱可認識的人。

但我們到了之後才知道，那人正巧不在。

其他騎士告訴我們，我們要找的人正在村子南部站崗。於是我們來到村子南部，找到了夏駱可認識的那名騎士。

「嘿，這不是夏大偵探嗎？好久不見啦。上次見面，是你在公爵家摔個狗吃屎那次吧。」眼前一個留著翹鬍子，身材微胖，身穿藍色盔甲，手持銀色盾牌的男子說道。

他是初心村裡治安的守護者，騎士團初心村分隊隊長，騎士漢森。沒想到夏駱可認識的，居然是隊長。

「隊……隊長您好！」我看見騎士團的人，連忙立正敬禮。他們是帝國的代表，相當於王權的分身。

「不用那麼拘謹啦，萊昂！」相對地，夏駱可非常之隨便。「漢森大叔！你能不能別再提那件事。我的名譽已經嚴重受損了，肯定是你們騎士團閒著沒事就在村子裡說三道四，我的稱號才變成什麼狗吃屎。」

「哈哈！知道了，不提了、不提了。所以呢？狗吃屎偵探今天又有新案子了？」

「你這傢伙……算了，先處理萊昂的事要緊。」夏駱可站到我身旁，拍了拍我的肩膀說：「你應該認識這個年輕人吧？」

「認識啊，全村的人我幾乎都認識！他是萊昂，仲介所的所長，你身後那個陰險的傢伙是惡魔梅菲，再後面那個漂亮的小妹妹是李普美小姐，然後旁邊那個鬍碴男……是誰啊？」

「他不重要，叫他鬍碴就好。他好像不住在初心村。」

「老大！原來我在你心裡那麼不重要嗎？連介紹都這麼隨便……嗚嗚嗚……」

話說，其實我不知道鬍碴是哪個村子的人，也不知道他家在哪裡，反正每次要一起幹什麼，都約在初心村。這麼說來，我好像不是很了解這個朋友，如果要介紹他，還真不知道要說什麼。

「所以呢？萊昂小弟，你有什麼事？該不會……跟四年前的案子有關吧？不會是因為凶手還沒抓到，所以要來投訴我們騎士團吧？拜託行行好，饒了叔叔我行不行！這星期已經有三件投訴了。馬稍微停在旅店門口兩分鐘被投訴，喝酒的時候唱歌大聲點也被投訴，再這樣下去，薪水都要被扣到養不起妻小啦！」

漢森隊長一臉快哭出來的樣子，騎士團隊長的威嚴蕩然無存。

「您放心，我並不是來投訴的，但的確跟四年前的案子有關。」

「由我來說明吧。」夏駱可說：「萊昂委託我重新調查四年前的案子。我深入了解以後發現，這件案子有許多詭異的地方，的確不是你們騎士團處理得來的，所以抓不到凶手也是情有可原。」

「喂！你這話什麼意思。」

「不過，聽說你們抓到了從仲介所偷走珠寶的竊盜犯。雖然最終審判的結果判定他與殺人無關，不過他應該跟案件脫不了關係，或許有我們不知道的情報，所以想向大叔詢問有關那位竊盜犯的事。」

四年前，透過追查失竊珠寶的流向，騎士團很快就逮到了偷走雕像跟珠寶的犯人。但因為他等級太低，可以說是手無縛雞之力，所以騎士團壓根就沒把他當作殺人凶手。

如今仔細想想，就算他自己殺不了人，也不代表他是完全清白的啊！他可能是凶案的共犯，或是策劃者，雇用了高等的冒險者來行凶，也可能他只是路過，卻為了珠寶，對老爸見死不救。

我的人生走上我不想走的這條路，這傢伙絕對也有責任！

「這樣啊，是可以告訴你……不過——」

漢森隊長才正要開口……

「異教徒滾出去！轉生者滾出去！」

「只有希佩大人才是真正的女神！」

不知哪來的喧囂，打斷了我們的對話。

浩浩蕩蕩，手持旗幟、標語、鐵叉、火把、棉花糖的一群人，數量大概有二、三十個，朝我們走了過來。

難道他們就是昨天早上鬍碴提到的希神會？

他們似乎正在遊行。

不過為什麼要拿棉花糖？

「嗨呀，真頭疼。就是因為這群人，搞什麼遊行，還打算在這裡演講，才害得我大白天要來這裡站哨，站得我腿都麻了。我還有三十分鐘換班，到時候你們再來找我吧。現在我得好好盯著這群人，否則他們又要開始搞破壞，那可就麻煩了。」

漢森隊長說完，便一邊揉著膝蓋，一邊向遊行隊伍走去。

「你們遊行就遊行，可別搞出什麼暴力事件啊！鐵叉收起來！然後把火把給我弄熄！你們想燒了整個村子啊。」

漢森隊長收起剛才跟我們聊天時的輕鬆神情，切換為嚴厲的執法者，對遊行的民眾下達命令。

「這火把是象徵我們的怒火！鐵叉象徵對異教徒的神罰！棉花糖則象徵女神的溫

柔！」遊行群眾中，一個看起來像領袖的人，對漢森隊長說道：「我們會謹慎小心，不會造成任何傷害的，所以請讓我們點著火吧。」

「是嗎？不久前你們跑去破壞人家馬車的事，我還沒跟你算帳呢，費拉帝！」

聽到漢森隊長說出的名字有些耳熟，我才仔細瞧了那個人的長相。

原來是費拉帝．斯摩。老爸還在世的時候，他是仲介所的常客。

「那件事，只是幾個個性偏激成員的個人行為罷了，請不要一竿子打翻一船人。」

「最好是這樣。不要忘了，費拉帝，你是個前科犯，我會盯——著你的！」漢森隊長先用手指了自己的雙眼，再指向費拉帝，並露出凶狠的眼神。

「既然漢森大叔在忙，那也沒辦法。先找間餐廳吃點東西吧。」夏駱可說。

「果然是偵探大師！一定是推理出我們的肚子都餓了對吧！我想吃肉！」鬍碴露出崇拜的神情說道。雖然我很想說：「這種事用不著推理，只要聽到你肚子剛才發出的叫聲就知道了。」但看出夏駱可擺出一副「沒錯，厲害吧！」的表情，為了不讓氣氛變得尷尬，只好作罷。

「剛剛看到那群人拿著棉花糖，害我現在好想吃甜的。」小李說。

「我都可以，沒什麼特別想吃的。」我說。

之後換梅菲表達他的意見。

「我想喝血。」

我想……他說的應該是血料理吧，像米血糕之類的。

「那就只有那家啦！走吧、走吧！」

說完，夏駱可頭也不回地向某間餐廳走去。

2

我們來到了以「龍血肉包」出名的「屠龍者麵點」。

「我不太喜歡這家店呢。」進到店裡後，鬍碴小聲說道。

「為什麼？是因為這家店之前的不良紀錄嗎？」我問。

這家店三年前，因為推出號稱包了龍血的「爆漿龍血肉包」，瞬間成為整個帝國東部的超人氣名店，但一年多前被查獲以鴨血混充龍血，名聲瞬間跌落谷底。時至今日，原本高朋滿座的店面，只剩下我們跟零星的初心村村民；店內菜單上的「爆漿龍血肉包」，也悄悄換成了「爆漿鴨血肉包」。

「倒不是。」鬍碴說：「只是單純討厭『屠龍者』這個店名罷了。」

我跟梅菲各點了一個爆漿鴨血肉包，鬍碴點了一個爆漿原味肉包，小李點了一個爆漿豆沙包，夏駱可則是點了爆漿蔥油餅配熱米漿。

為什麼每道菜都會爆漿啦？

「話說剛才那群人……」夏駱可吸著米漿說道：「實在是有夠煩的，帝國又沒有禁止其他宗教。雖然國內最普遍的信仰的確是女神希佩，冒險者的力量也是從女神那兒來的，但別人要信什麼教，到底干他們屁事？我寧可再死一次，也不想拜那個臭女神！他們到底憑什麼叫別人滾出去？還有，那個帶頭的說那什麼話，什麼給異教徒的制裁？他的腦袋才該因為太蠢接受制裁！」

「那傢伙是費拉帝．斯摩。他從以前就是那副德性了。」我說。

「老大，你也知道他啊？」

「他以前是仲介所的常客。大概四、五年前的一段時間，他很常來仲介所，自稱是女神親自授予力量的特殊冒險者。或許是因為這樣，才對女神如此虔誠，甚至到了狂熱的地步。他以前就常破壞別人的東西，只要是他認為跟異教有關的物品，就會想方設法破壞。他也非常瞧不起轉生者，若被他發現是轉生者，免不了要跟他打上一架。因為這樣，他進進出出好幾次監獄。」

「不過，聽說他親戚是騎士團的高層喔！」鬍碴補充說明：「所以每次都關不久就放出來了。上次他跟轉生者鬥毆，打到差點鬧出人命，才終於關久一點。說是久一點啦，不過也才一年多。這次放出來後，還讓他搞了個『希神會』，真是令人傷腦筋。」

吃完飯後，我們一邊繼續剛才的話題一邊離開餐廳。

「費拉帝．斯摩啊……希望以後不要再碰到他。」夏駱可說出他的願望，但看來是無法實現了，因為他話還沒說完，我就看見希神會的遊行隊伍朝我們迎面而來。不見火把跟鐵叉，只見他們人手一支棉花糖。

領頭的正是夏駱可口中的費拉帝．斯摩。

費拉帝看到我們，就像貪婪的冒險者在地下城看到寶箱。他朝我們直衝而來。

「你就是夏駱可？」他眼神凶狠，朝著夏駱可問道。

「嗯？沒錯，我就是，人稱——」

「人稱『轉生神探』是吧？」

「哇，好感動！終於不是狗吃屎了，終於有人用這個稱號稱呼我了。」

但感動的時間不超過三秒。

「去你的轉生者！」費拉帝一拳打在夏駱可臉上。

夏駱可受到衝擊，跌倒在地。

「噁心的邪教徒，你最好快滾出這個村子，否則我見一次打一次，一定會打斷你的鼻梁！明天中午前，最好讓我看到你搬離那個事務所。大夥們，走了！」說完，費拉帝就率眾人離開，裡頭還有幾個人對夏駱可扮鬼臉，甚至吐口水。

「老闆！你沒事吧？」見到夏駱可倒地，小李立刻衝上前，著急地問：「沒事吧？老闆你還活著吧？這個月的薪水發得出來吧？」

「我沒事，但被妳這麼關心，突然不是很想發薪水了。」

「咦？老闆，你連擦傷都沒有欸，那個費拉帝是不是中午沒吃飯啊？」

「當然不是！」梅菲說：「相反地，費拉帝的力氣可驚人了！依我看，那是可以一拳打碎岩石的力道。他的職業大概是武鬥家吧。唉呀！幸好我的防護罩，比岩石還堅固得多。」

原來，梅菲在費拉帝的拳頭碰到夏駱可的前一瞬間，在夏駱可臉上施展了拳頭面積大小的防護罩，而夏駱可察覺到這一點，假裝被擊倒，讓費拉帝以為自己大出風頭，意氣風發地離開。要是費拉帝發現自己的拳頭一點用也沒有，恐怕又要把鐵叉拿出來了。

「偵探先生，要不要我偷偷咒殺費拉帝，跟那幾個做鬼臉吐口水的？」

「夠了，梅菲！我不是叫你再也不要用那種法術了嗎？」

「嘿嘿！開個玩笑！」

「反正我人也沒事……啊！眼鏡破掉了……梅菲，你可以用詛咒法術讓人莫名其妙拉肚子嗎？」

因為剛剛突然倒地，夏駱可右眼上的單邊眼鏡與金鍊脫離後，摔到了地上，鏡片上出現了蜘蛛網般的裂痕。

「這個交給我吧！」鬍碴興奮地對夏駱可說道。

「你辦得到嗎？那就麻煩你了，鬍碴，讓他們連拉個三天三夜吧。」

「我不是那個意思啦！」

鬍碴撿起地上的眼鏡，開始對眼鏡施法。

他的手中發出綠色的光芒，那是療屬性法術施放時特有的綠色。對物品施放的療屬性法術，應該是修復術。雖然修復術的學習門檻不高，LV.3 以上就能學，但要學會有一定難度。

鬍碴什麼時候學會這種法術？

「來！大師，修好了。」

「謝謝，跟新的一樣呢！」

「哈哈！不用客氣，能幫上偵探大師的忙，我很榮幸。」

「喂，鬍碴！你既然會這種法術，為什麼不幫我修桌子還有天花板啊？」

「你又沒叫我修！」

好樣的，這小子！剛剛夏駱可也沒叫他修啊。

「呦！你們在這裡啊？」突然有個聲音叫住我們，原來是漢森隊長，看來已經過了換班時間。「幸好這次希神會的人挺安分的，演講也提早結束了。我一直很擔心他們會不會打人鬧事呢。」

看來漢森隊長的擔心是有道理的，眼前才剛有一個人挨揍。

但夏駱可似乎不打算告訴漢森隊長剛才發生的事。

「所以大叔，現在有時間了嗎？可以告訴我四年前那個竊盜犯的事了嗎？」

「照理來說，就算是前科犯，也不能隨隨便便透露他們的資訊。不過是你問的，肯定有什麼原因吧。看在你曾經幫我們破過許多案子的份上，我就破例告訴你吧，可不要以為——」

「可不要以為這是理所當然的對吧。好好好，每次問你，你都要把這段話重複一次，簡直就像米蘭達警告，都聽到會背了。你哪次沒有告訴我，才是『破例』吧。」

「真是的，問人問題還這個態度。」

漢森隊長打了個響指，瞬間，一隻鯨頭鸛從天而降。

鯨頭鸛是代表帝國騎士團的聖獸。

在帝國曆兩百年的國慶日那天，開放全國人民票選騎士團的代表動物，結果鯨頭鸛高票當選，民眾普遍覺得鯨頭鸛呆頭呆腦的形象與騎士團像極了。雖然不是騎士團希望的龍、猛虎、獨角獸等帥氣的動物，騎士團還是尊重票選的結果。從那之後，他們便豢養鯨頭鸛作為專用的信鴿，騎士團的紋章上也能看見牠的身影。

鯨頭鸛降落後矗立在漢森隊長身旁，鞠躬似的上下擺動牠的腦袋。

「很好！乖乖乖。」漢森隊長撫摸著牠的頭，牠打開巨大的鳥喙。

漢森隊長將手伸進牠的嘴裡。

「唉呦！好痛！你的嘴巴不要亂動……喂！不要咬我……嘿嘿，找到了！」經過一番激烈的攪動後，漢森隊長從牠嘴裡拿出了一個卷軸。

之後，聖獸頭也不回地飛走了。

「我看看！」漢森隊長打開卷軸後唸道：「盧迪斯．弗雷門，男性，冒險者，遭到逮捕時是五十五歲，LV.9。曾是納維斯公會的成員，二十五歲時低空飛過公務員資格考，成為初心地區任務處理部門的職員，三十五歲那年升上部長。帝國曆五百一十八年，因涉嫌殺害皮耶爾．約翰．貝爾納，遭到逮捕。調查後證實，皮耶爾家失竊的珠寶首飾，皆為盧迪斯為償還賭債所偷，但關於殺害皮耶爾的部分，經調查發現，嫌犯並未具備犯下此案的能力，因此僅針對侵入住宅與竊盜部分，判刑三年。因人犯在獄中表現優秀，刑期減為兩年，現已釋放，記錄其住所並定期觀察。

「這是我剛剛請屬下整理的報告，這就是這份報告的全部內容了。還有什麼問題嗎，夏大偵探？」

「LV.9啊……這樣的等級，能學的都是些基本法術吧。」夏駱可抓了抓腦袋，沉思一會兒後說：「漢森大叔，告訴我那個盧迪斯．弗雷門現在住哪兒吧，有些事我想當面問他比較快。」

「可是……你這樣去騷擾人家，不太好吧？萬一他跑去投訴騎士團，說我們亂公布更生人的住所，這可就難辦了。」

「放心，我會說是我自己查到的，不會說是大叔你告訴我的。」

昨天早上好像才發生過類似的事。我狠狠瞪了鬍碴一眼，警告他這次千萬別再走漏風聲。他自己似乎覺得不好意思，把頭撇向另一邊吹起口哨來。

「好吧！就告訴你吧，他現在搬來初心村，在教堂西北微西約五百五十公尺的地方。他似乎開闢了一片菜園種菜的樣子。」

「西北微西是什麼鬼啊？三十二方位角真是有夠難懂的。」

於是，在迷路三十分鐘之後，我們到達下一個目的地，盧迪斯家。

3

眼前是一棟簡單的平房，旁邊有一片菜園。

「鬍碴，等會兒進去可別亂講話，你要是害得漢森隊長被投訴，說不定會被他抓起來關三天。」我深怕鬍碴又搞出什麼亂子，在他耳邊小聲地提醒。

「知道啦，老大。」

「弗雷門先生您好，盧迪斯．弗雷門先生？您在家嗎？」負責敲門的是小李，我們一致認為由女生出馬，比較容易得到回應。

「不行啊，沒反應。小李，妳聲音再嫵媚一點、誘惑一點，最好是化成文字後會出現愛心的那種。」

「真是麻煩，那老闆回去記得多給我獎金喔。」

「好啦！我先看妳表現，再決定要給多少。」

於是小李使出了渾身解數。

「弗雷門先生，嗯——能不能勞煩您開門門呢？拜託託啦！人家有些事情想♡要♡請♡教♡您♡」

跟剛才判若兩人的語調，我彷彿真的能從小李的話語中看見愛心符號。

「太厲害了，這次一定行！這個月多給妳三金幣。」

「才三個？我剛才可是弄出了五個愛心欸，好歹給五金幣吧？」

有人開門了！

「來了、來了！真是，怎麼會有小妹妹來找我這個孤獨老人。我可是早就戒掉那種不良嗜好了。」一個面容憔悴、滿臉白鬚的老人，一邊開門一邊碎唸道。

他就是盧迪斯．弗雷門！

家裡的珠寶跟雕像就是他偷的。

就算他沒辦法在老爸胸前開一個大洞，也一定跟命案有關。

我越想越覺得，肯定就是門縫裡這個面黃肌瘦、尖嘴猴腮的老頭，策劃了這一切。

我猜他八成是為了償還賭債，雇用了高等冒險者闖入仲介所，卻被老爸發現，那個冒險者情急之下便殺了老爸。他們眼見鬧出人命，為了不讓自己鋃鐺入獄，只好故布疑陣，不知用了什麼方法，把現場弄成那個莫名其妙的樣子。

老爸，真是對不起，一直以來錯怪你了。

把我的人生搞得亂七八糟的，是這個臭老頭才對！

等會兒他出來，一定要讓他說出到底雇用了誰。

我看乾脆直接用武力逼供，先把他揍一頓再說！

這不僅僅只是為了洩憤，也是替臭老爸出一口氣。

盧迪斯將門打開了一道小縫，他從小縫看了我們一眼。突然間，他將門開到最大，像是餓鬼看到食物一樣朝我撲來。

可惡！這傢伙想要先發制人！

瞬間，我凝聚起魔力，讓自己處在隨時都能施放攻擊法術的狀態，等他進入射程範圍，我就立刻朝他臉上賞一個LV.15的衝擊波。

來了！我抓準時機施放衝擊波。

「這一擊是替我老爸打——咦？」

沒想到他居然一個低頭，閃過了！這傢伙，意外是個狠角色。

他或許是察覺到我的魔力流向，判斷出我攻擊的時機，及時進行閃避。可惡，失算了！這傢伙明明才LV.9，竟有這等本事……

正當我這麼想的時候，盧迪斯在我面前跪了下來。

「萊昂！你是萊昂對吧！皮耶爾的兒子，對吧？」他抓著我的褲管說。

「老大，他認識你欸？」

「這麼說起來……這張臉……」我低下頭，仔細觀察盧迪斯的相貌。「小的時候，的確在仲介所看過好幾次。」

「你們是萊昂的朋友嗎？都先進來吧。」盧迪斯站了起來，邀請我們進屋。

我們進了屋子，裡頭十分樸素，客廳裡只有一張桌子、兩張椅子、一個櫃子，幾乎沒有任何裝飾品。

因為椅子不夠，盧迪斯將家裡僅有的兩張椅子讓給我和夏駱可，他自己則打算席地而坐。夏駱可覺得讓主人坐地板有些不好意思，所以叫梅菲變出幾張鑲有骷髏的椅子。

盧迪斯拿起櫃子上的茶葉罐，敲敲打打地倒出裡頭最後的一點茶葉渣。

「不好意思，茶有點淡。」

他替我們倒了五杯茶，自己則喝熱開水。

「盧……不，弗雷門……先生——」

「這個給你，萊昂！」我才一開口，就被盧迪斯突如其來的舉動打斷。

他交給我的是個厚厚的信封，信封上寫著不認識的名字，打開信封，裡頭裝著現金，以及一封信。

我點了點現金的金額，正好跟書房保險櫃裡消失的數目一樣。

難道連保險櫃的錢也是他偷走的？他居然有辦法打開被魔力鎖牢牢鎖上的保險櫃？

「這是？」

「這是屬於皮耶爾的，所以我認為應該交給你。」

「盧迪斯．弗雷門……四年前到底發生了什麼事？四年前消失的這筆錢，怎麼會在你的手上？」

「這樣啊……你們果然是來調查那件事的。」

「沒錯！你最好老實交代，你跟老爸的死，到底有什麼關係！」

「我並不是凶手。四年前的那一天，我沒有殺人……但是……」

一陣沉默後，盧迪斯突然從椅子上跌下。

夏駱可見狀，想上前去攙扶他，但盧迪斯跪在地板上不肯起身。

「我曾經也想殺了皮耶爾。我跟凶手的差別，只差在我沒有成功罷了。我的心跟凶手一樣醜陋。」

「你想殺了老爸？」

「這是二十多年前的事了。我想，就從他剛進任務部門的時候開始講起吧。」盧迪斯跪在地上，以哽咽的聲音說道：「這些事大概連他本人也不知道，畢竟皮耶爾他啊，非常容易信任別人。」

於是盧迪斯開始說起我所不知道的，有關老爸的故事。

盧迪斯原本是老爸在帝國任務處理部門時的上司，但他向我們坦承，他其實根本沒有經過考試，而是走後門進入任務處理部門的，升上部長也是透過關係。老爸則是真材實料地通過考試。

老爸在任務處理部門工作非常認真，就跟我平常認識的他一樣，因此十分受上司賞識，也受同事喜愛。當平常表現普普通通的盧迪斯升上部長後，許多同事都為老爸抱不平，在盧迪斯背後對他指指點點。

「有眼睛的，都看得出來我是走後門啊。」盧迪斯這麼說：「但我那時非常在意屬下的評價，所以私底下氣得不得了。明明被說閒話是理所當然的，我卻無法平息心裡的怒氣，於是把這一切都怪在皮耶爾身上。都是他太優秀，才會害我當上部長的事變得名不正言不順。」

但後來，盧迪斯還是像平常一樣對待老爸。作為一個上司，老實說盧迪斯做得中規中矩，並不算太糟糕。我記得老爸對他的評價是：「雖然感覺有點難親近，但是個不錯的上司。」

然而，其實盧迪斯一直都對老爸懷恨在心。

後來，老爸開始爭取「簡易任務」的設立，透過盧迪斯，老爸成功向更上層的「帝國東部任務局」提出企劃書。任務局表示會考慮，但遲遲沒有下文。

於是，在某次任務體系公務員的交流酒會上，老爸決定走一步險棋。

當時東部任務局的局長是以開明著稱的老好人，但他年屆退休，老爸猜測，這是簡易任務的想法遲遲得不到回應的原因。所以老爸決定，在酒會上當面跟局長談一談，不只如此，老爸還打算下一個大賭注。

在跟局長的交談中，老爸坦承了自己轉生者的身分。

老爸早就發現，局長其實一直默默地關注轉生者的平權運動。於是他拿出破釜沉舟的勇氣，揭露自己身分，同時說出簡易任務這個設計最一開始的目的。

簡易任務，就是為轉生者打造的。

轉生者的等級常常停留在低等，高等的任務接不了，低等的任務又數量有限，轉生者必須跟真正的新手冒險者搶低等任務，完成之後也幾乎不會有經驗值。那麼不如開放沒有經驗值的任務，讓一般人委託冒險者們做事，再付與酬勞。如此一來，低等的冒險者能夠賺錢養家，村民的麻煩事也能有人處理，可謂雙贏的設計。

此外，轉生者的升等極度依賴天賦，而轉生者的天賦又經常不在戰鬥方面。簡易任務透過戰鬥以外的五花八門委託，讓接任務的轉生者能探索自己天賦的使用方法。為了讓這個效果充分發揮，老爸認為不能像一般任務一樣，全部混在一起貼上布告欄。他希望能安排仲介制度，幫助接簡易任務的冒險者選到最適合自己的任務。

局長或許是被老爸的熱情和魄力感動，便答應了簡易任務的設置，但仍有一些現實層面的問題需要討論。

局長表示，局裡已經沒有建設新單位的經費。

但老爸卻對局長說：「您只要給我一塊公會裡閒置的林地，我靠雙手跟一把刀，就能生出一間仲介所給您看！」

老爸有「建築」的天賦技能，這個技能使他不只有建築的才能，在建築過程中運用的法術還能得到能力加成，而且幾乎不會消耗魔力。他能用能屬性法術「斬擊波」砍倒樹木、切割木材，用火屬性法術「炙熱紅煙」乾燥木材，用體屬性法術「肌肉強化」輕鬆搬運建材，用土屬性法術「地動」挖出地基。

局長一聽，拍手叫好：「哈哈，太好了！你待過初心公會對吧？你熟悉那裡的情況，那就由你在初心公會裡找一塊地，寫在企劃書交上來吧。」於是仲介所的設立，幾乎是板上釘釘的事了。

而這從頭到尾的過程，都被盧迪斯偷偷聽在耳裡。

按照流程，老爸將企劃書交給盧迪斯，經由他蓋章批准後提交東部任務局。企劃書提出後，老爸每天都翹首期盼許可趕緊下來，好趕快開始動工。雖然老爸的確能獨自一人搭建一間仲介所，但也需要耗費至少數個月的時日，甚至會超過一年。

終於，許可下來了，土地的位置卻錯了，雖然只差一個字，但錯得離譜。

原來這是盧迪斯動的手腳，他在企劃書上偷改了一個字。

老爸本想修正這個錯誤，但盧迪斯告訴他，如果要修正，得從頭再跑一次流程。

時間已經來不及了，老局長馬上就要退休，下一任局長很難保證會像老局長一樣讚賞這個計劃。再說，寫錯的位置也是一塊無主的林地，一樣可以蓋仲介所，為了讓仲介所能順利成立，最後老爸決定將錯就錯。

「那時，眼看他要成為所長，我很忌妒。」盧迪斯說：「雖然他當上所長後，論官位還是比我小，但他一直以來，都憑著自己的本事一步一步向上，我看了很不是滋味。我表面上裝作很支持他的計劃，實際上卻從中作梗。我把位置改到西南方的森林，不只是想讓他遠離公會，或是單純惡作劇而已。我是真的希望他就這麼去死。

「我小時候就聽住在初心村的瘋子堂哥說，村子西南的森林裡有怪物，長得像熊，卻有可怕的觸手，毛皮上還有死人眼睛般的漩渦圖案。那片林子通常沒什麼人會進去，偶爾進去的幾個人也從沒看過什麼怪物，再加上堂哥精神有點不正常，所以大家都不相信……除了我以外。堂哥描述怪物時驚恐的眼神，還有那鉅細靡遺的形容，都讓我確信那片樹林裡真的有怪物。

「我把位置改到那兒，就是想，如果遇到怪物，說不定皮耶爾就會打退堂鼓。如果怪物能直接把他殺死，就更好了。

「但最後，仲介所順利落成。我心想，什麼怪物，果然是假的吧。可是沒多久，就傳出皮耶爾的老婆在森林裡失蹤的消息，讓我有點在意。」

老爸的老婆？那是……媽媽？

「後來，我去仲介所，看到門口的地毯，我嚇壞了！那地毯的花色、那漩渦，跟堂哥說的一模一樣。原來……怪物是真的！我想皮耶爾的老婆……也就是你媽媽……可能成了怪物觸手下的亡魂。我……我真的……」

淚水和鼻水打斷了盧迪斯的故事。眼前這個不到六十歲卻看起來過分蒼老的老先生，像個被媽媽抓到做壞事的小孩一樣，一邊抹著淚一邊說著對不起。

「那件事就先不談了，盧迪——不，弗雷門先生。」我說：「今天我們來的目的，是想從另一個視角看四年前老爸死亡的事件。弗雷門先生是為了錢，跟凶手聯手闖入仲介所嗎？還是……」

「不……或許你們不相信，但我並不知道凶手是誰。」盧迪斯擦乾了眼淚，說：「我從很年輕的時候，就有賭博的壞習慣。四年前，我欠了一屁股賭債，為了躲債甚至不敢回家。我就住在任務部門裡，那裡好歹是公家機關，討債的不方便直接找上門。

「我實在是走投無路了，那時我想到唯一一個可能願意幫助我，又不會對我冷嘲熱諷的濫好人，只剩下皮耶爾了。於是我硬著頭皮找他借錢。

「『真是的，你怎麼這麼見外呢？在任務部門的時候，我受了你不少照顧，錢的事你不用煩惱啦！』他是這麼回答我的，我聽了感動得快哭了。皮耶爾把我當成照顧他的上司，我卻偷偷搞了那種小手段。從那時候開始，悔恨跟罪惡感不斷侵蝕我的心靈。

「『那個……皮耶爾……我今天來這裡的事，你可千萬別說出去。居然淪落到跟自己的前部下借錢，我真是丟臉！』那時，我還對他提出了這樣的要求。其實他大可不必理會我，把這件事當作茶餘飯後的消遣，為他仲介所的客人提供一點樂子，但他對我說：『放心吧，我不會讓其他人知道的。我看我想個特殊方法把錢給你吧，我想想……大概三天後吧，三天後你就知道了。等著看吧！不過這筆錢希望你盡快還清，因為我最近剛維修仲介所外的驅獸結界，還買了新沙發跟不少雜七雜八的東西，月底帳單就要來了，加起來也是一筆不小的數目。』

「我馬上就答應，會在當月底前把錢還給皮耶爾，誰知等到月底，皮耶爾已經不在了，而我也進了監獄。

「在皮耶爾答應我的請求後，一直沒有收到他的聯繫，我有點緊張，懷疑他是不是忘了這事，但又想到他說要用『特殊方法』。於是第三天，我偷偷到仲介所，看皮耶爾想搞什麼花招。

「就在快到仲介所的時候，我聽到砰——砰——的兩聲巨響，從仲介所的方向傳來，好像是什麼撞擊的聲音。」

「你還記得是什麼時候聽到的嗎？」夏駱可插嘴問道。

「我記得我是下午兩點多出發前往仲介所，快到的時候才聽到聲響，所以算一算時間，應該是三點零幾分，最晚不超過三點五分吧。」

「了解了，不好意思打斷，請你繼續。」

「我到了仲介所，發現門被撬開，當時以為是皮耶爾搞的把戲，現在想想，八成是凶手幹的。我來的路上沒遇到人，凶手或許從森林的另一邊逃走了。

「總之，我看到門被撬開，雕像碎了一地，地上滿是珠寶。我心想：『對了！今天是大市集的日子。這就是皮耶爾的計劃吧，假裝家裡被偷，其實是讓我把這些珠寶拿到大市集賣，這樣我就有錢還債了。他居然做到這個地步，太令人感動了！』

「於是我把地上看起來能賣的東西，包括雕像的一部分，全都撿去賣，不到半個鐘頭就全賣出去了。賺到的錢再加上身上僅存的一點銅板，正好足夠償還賭債。於是我趕緊把錢還了，才放下心回到家裡。

「回家後我打開信箱，才發現這個信封，寄件人的名字，名我不認識，但姓卻是我的姓。我打開信封一看，裡面裝滿了錢，金額居然跟我的賭債一樣。裡頭還有一封信，信中自稱是我堂兄的人，說他的父親，也就是我的遠房親戚過世，而信封裡是我應分得的遺產。但那封信的字跡，我一看就知道是皮耶爾的。

「我這才想到，他只知道我欠債，不知道我躲在任務部門不敢回家的事，所以皮耶爾才想到用這封信，將錢寄給我，還給了我一個突然得到一筆錢也不奇怪的理由。

「這時我又想：『那麼那些珠寶是怎麼回事？仔細想想，不會為了借我錢，把自家的門都給砸了吧？難道他是真的出事了？』

「我冷靜下來才發現，自己之前的想法完全不合理。於是我趕緊跑回仲介所，這時仲介所已經被騎士團團團包圍，上前詢問才知道，皮耶爾死在裡頭了。我嚇得趕緊躲回家裡，害怕因為撿了那些珠寶而被逮捕。果然，騎士團的人隔天就找上門了。我向他們解釋，但他們毫不採信。於是我因涉嫌殺害皮耶爾被逮捕，後來的事，我想你們應該都知道了。

「這就是我知道的全部了。」

盧迪斯語畢後，整間房子瀰漫著沉默。

我是因為百感交集，說不出話來；而夏駱可應該是因為陷入沉思，所以不發一語；鬍碴則是睡著了。

率先打破沉默的是梅菲：「照您這麼說，弗雷門先生，雕像並不是您打破的嘍？」

「我到的時候，雕像已經碎了一地，似乎是從腹部重擊，雕像大致上碎成上半身與下半身。我撿走上身比較完整的部分，隨便找了個木板做成底座，當成胸像賣掉了。」

「好吧，謝謝你了，弗雷門先生。」夏駱可結束沉思，站起來說道：「走吧，我想再去其他地方調查。」

「咦？這麼快就要走了？」盧迪斯問道。

「我暫時沒有別的事要問了。」夏駱可說。

「你們在這裡等我一下！」說完，盧迪斯拿了個袋子，跑到菜園去。

幾分鐘後，他回來了。

「萊昂啊。」他對我說：「雖然我不確定，但我一直覺得，是我害你母親失蹤的。

「在監獄裡的兩年，我想了很多。過去的我，實在太卑劣、太小心眼了。若是我有皮耶爾那樣的氣度，也不會搞成今天這個下場，你也能有個完整的家庭吧。

「其實在牢裡，我曾想過好幾次，出獄後一定要找你好好道歉。但我就是這麼膽小又沒用，出來之後遲遲不敢去找你，也不知道自己在害怕什麼。

「所以今天看到你來……或許我沒有高興的資格，但我真的很高興。我終於有機會能向你道歉了。對不起……之前對你父母做的事。」

弗雷門先生將他手中的袋子交給我。

「我知道這點小玩意兒根本無法彌補什麼，但你還是收下吧。」

我打開袋子，瞬間，夏駱可不知為何從我身邊跳開，跑到牆角。

「噁噁噁噁——嘔嘔嘔！」夏駱可蹲在牆角乾嘔著。

「這些都是我自己種的，我現在靠著種植這種香草，拿到市場販售維生。」弗雷門先生說：「這種香草，在帝國境內很少見，整個東部地區只有我在種。雖然不是什麼非常昂貴的玩意兒，但還算是高級品。」

說到這些香草，盧迪斯那乾癟的臉彷彿瞬間回復了生氣。

「我種的這些香草，可是帝國第一香的！種這些香草，不用再靠關係、鑽漏洞，你多細心照料它，它就會長多好。雖然收入比不上在任務部門的薪水，但比起以前被人指指點點，還要擔心走後門的事哪天被爆出來，現在的生活踏實多了。」

我收起袋子，頓時不知道要說些什麼。

「總之，萊昂，如果以後你遇到什麼困難，儘管來告訴我吧，我一定想盡辦法幫助你，因為這是我欠你的。」

「我知道了，弗雷門先生，有需要的話我會再來的。保重了。」

於是我們離開了弗雷門先生的家。

「萊昂，你千萬不要在我附近打開那個袋子喔！」

這是夏駱可踏出弗雷門先生的家門所講的第一句話，說完他就躲得老遠。

「夏駱可，你幹麼怕成那樣？」我說：「這袋子裡面不就是普通的植物嗎？」

「是味道，我個人極度討厭，甚至希望世界上所有帶有這種味道的東西都立刻被消滅。聞聞看，你應該很熟悉才對。」

我將袋子放到鼻子附近一聞。

這個氣味，很特殊，而且的確很熟悉。

我想起來了！是仲介所裡剩下的小蛋糕！

「話說，萊昂先生，你真的相信盧迪斯．弗雷門說的話嗎？」

當我還沉浸在香味之中，梅菲突如其來的問題將我拉回現實。「照他這麼說，就算他不是殺害你父親的凶手，也導致了你母親的死亡，你不恨他嗎？」

聞著這一袋香草——正式名稱應該是叫芫荽——我思考了一陣子，然後說：「我想弗雷門先生應該做了很多事，想要為過去犯的錯贖罪吧。事到如今，原諒他也無妨。」

我突然想起，自己不久前還因為怒火攻心，想用衝擊波攻擊他。

怒氣似乎讓我變得有些太衝動了。

幸好我的衝擊波沒有真的擊中他。

「嘔嘔嘔——嘔！」遠方又傳來夏駱可乾嘔的聲音。

4

「那麼大師，你有什麼頭緒了嗎？」鬍碴問。

「算是有一點吧，總覺得還是少了什麼關鍵。至少我們知道了，破壞大門打碎雕像，跟偷走珠寶的不是同一個人，而且並非同夥，說不定殺人凶手又是第三個傢伙呢。但那個闖入仲介所的傢伙，我想不通他這麼做的理由。為什麼要打碎雕像？為什麼不拿走珠寶，反而留給之後才到現場的盧迪斯？」

「我倒覺得『為什麼』一點都不重要呢，偵探先生。」梅菲說：「屍體上的洞，很明顯是由高等冒險者靠什麼厲害法術辦到的。初心村的冒險者跟村民，等級幾乎都低到不可能犯案，因此這個案子肯定是外來者幹的，只要查到案發那天，有哪些高等冒險者來到初心村，凶手八九不離十，就在他們之中。」

「喔？那你要怎麼查呢，梅菲？」

「唉呀！這還不簡單。有高等冒險者來到這種偏鄉小村子可是大事，對地方報紙的記者來說……之前你們是怎麼形容的？對了，就像在垃圾山看到鑽石一樣，肯定會想大肆報導一番吧。我們只要去圖書館，找到那幾天的報紙，八成能看到什麼大人物剛好在那天前後到訪初心村的消息。」

「或許是這樣吧？那梅菲，你就負責查報紙。而我呢，就在剛剛跟你說話的時候靈光一閃，想到新的調查方向了。我們就暫時分頭行動吧，有什麼新消息再用魔力通訊系統聯絡。」

「偵探大師！你要去哪裡？潛入調查嗎？直搗敵人的大本營嗎？我可以跟去嗎？別看我這樣，我可是潛行高手喔。」鬍碴聽到分頭行動，立刻表示自己想跟著夏駱可。

「哪來的什麼敵人？只是去隔壁村問點事情罷了。你要跟也是可以啦。」

「好耶，偵探最棒！那我就跟著大師走了喔，老大！」

說完，鬍碴對我使了個眼色並靠近我，用只有我聽得到的音量說：

「勝負現在才開始喔！」

對了！我們的打賭還在繼續。隨著線索越來越多，偵探查出真相的機率也就越高。但現在分頭行動，若我們這組人馬能先找到兇手，那就不是由偵探找出真相，也就代表勝利是屬於我的！這樣不僅能知道是誰殺害了老爸，還能得到鬍碴一年份薪水充公。

好！我得加把勁，趕緊前往圖書館尋找線索，找出那可惡的兇手，然後吞下鬍碴一年份的薪水！

於是我們分道揚鑣。我跟小李還有梅菲，往初心圖書館前進；鬍碴跟夏駱可，則前往納維斯村。

才剛分開走沒幾步，有個東西從我的口袋滑了出來。

是鬍碴的傳奇忍者飛刀（降價復刻版），刀刃割破了我的口袋，所以才掉了出來。我都忘記這東西放在我這兒了，雖然有「畫面記憶」的天賦，但像這種小事，我卻經常會忘記。

鬍碴好像很寶貝這玩意兒，借我的時候還說只能看十秒鐘，結果這把刀卻在我口袋待了幾個小時。趁他們現在還沒走遠，趕快還給他好了，免得到時候弄丟了找我算帳。

於是我請梅菲跟小李等我一下，我往反方向跑去，追上鬍碴與夏駱可。

「鬍碴啊，現在這裡剩我們兩個了。」

夏駱可跟鬍碴好像在談什麼事情，沒有發現我。等他們說完話，我再把刀子還給鬍碴好了。

「對啊大師，怎麼了嗎？莫非……你想對我做什麼色色的事？嗯——就算是偵探大師也不行！不可以色色……大師！大師不要——」

「聽話！讓我看看——不對啦！怎麼可能？你別在那兒鬼扯淡了……我是要問你……你到底是什麼人？」

鬍碴是什麼人？什麼意思？

5

我跟鬍碴是在十三歲的時候認識的。

冒險者實驗學校進入新學年，重新分班的結果，我跟鬍碴分到了同一班。或許有點難以想像，那時候的鬍碴非常安靜，甚至可以說是孤僻。他總是一個人單獨行動，從未看過身邊有任何朋友。這樣的人，在群體生活中，往往會越來越孤獨，甚至淪落到被排擠、欺負。

有天，五、六個高年級的大隻佬，見鬍碴單獨一人，竟將他團團包圍，以暴力威脅他交出身上的錢財。鬍碴無能為力，只能默默地蹲在地上挨打。我見狀大喊一聲：「你們給我放開他！那麼多人欺負一個，算什麼好漢！」我挺身而出，對抗惡霸。鬍碴看見我奮不顧身的模樣，也燃起了心中的鬥志。他起身與我並肩作戰，雖然我們仍舊不敵人高馬大的學長們，他們卻被我們的意志所震懾，丟下一句「下次可不會就這麼算了！」之後，逃之夭夭。渾身是傷的我與鬍碴，就這麼躺在河邊的草地上，讓金色的夕陽灑遍我們全身……

以上老套的情節並沒有發生，那是我以前在《帝國大事》周刊上的連環圖畫單元裡看到的。「放開他……」什麼的，誰會在現實生活中說出那種羞恥的台詞。

我們認識的契機，並沒有任何驚心動魄、熱血磅礴的成分。

只是我發現，鬍碴每天都一個人坐在位子上，看著某一本小說。

「你在看《從零開始闖蕩新世界的王權繼承者之孫女與千錘百鍊的霸王飛龍》啊？」

這是我對鬍碴說的第一句話。

「咦？你也有看嗎！」鬍碴驚訝地轉頭望向我，我還記得他那時的表情有多麼欣喜。

「嗯，我還挺喜歡的，雖然這部的人氣很低啦。光是莫名其妙的書名，就讓人退避三舍，翻開內容，更是一大堆冷硬的歷史背景。不難理解大家為什麼不愛看，但我覺得考證做得很好，很真實地還原了舊帝國末期到新帝國，那段動盪的時代。人類和突然出現的新種族，從試圖互相理解到反目成仇，最後的結果令人不勝唏噓啊！」

「咦？他們最後反目成仇了嗎？」

「啊！」

我一時不察，沒注意到鬍碴手裡拿的是第一集。

「抱歉……我好像不小心做了很糟糕的事。」

「沒差啦！我本來就不是因為在意劇情才看的。我只是對龍有興趣，想看看這個叫拍不動的作者怎麼描寫飛龍的生態而已。」

「那你有空的時候，可以來我家，我家裡有整套喔，可以借你看。我家挺大的，看累了可以直接睡覺。反正平常只有我跟我老爸而已。」

「真的啊，太棒了！我可以今天放學就去嗎？」

「應該是沒問題啦……噢，對了！我都還沒自我介紹。我叫萊昂・雨果・貝爾納。你呢？」

「我叫……」

鬍碴那時候，說他叫什麼呢？

「哈哈，大家都說我的名字有點難記。不然你先幫我取個綽號，然後再叫我綽號就行了。」

「綽號……有了，你的鬍子！班上其他男生都還沒長鬍子呢，就叫你鬍碴好了！」

6

夏駱可為什麼要問鬍碴，他是什麼人？

聽到這裡，我好奇心作祟，於是找了一個牆角隱藏我的身影，以便繼續聽他們說些什麼。

「你們剛來到事務所的時候，是由你向萊昂介紹我跟梅菲的。你說出了梅菲的名字……你認識他。」

「我不是說過了嗎？我看報紙知道的，有什麼問題嗎？」

「這就是問題，至今為止，我沒有向任何新聞記者、任何報社，透露梅菲的名字。所有的報導若是提到梅菲，應該都以『助手』稱呼，所以看報紙是不可能知道助手叫什麼名字的。你說你沒接觸過我之前的委託人，也沒待過初心公會，那麼，你究竟是從哪知道的？」

「我……我……是仲介所的客人告訴我的。」

「是嗎？雖然萊昂他常抱怨多不願意接下仲介所、多討厭自己的工作，但卻做得比誰都認真。客人在的話，他不會長時間離開櫃檯，如果有客人提起，他應該也會聽到。但依照他在事務所的反應，不像是事前知道的樣子，仲介所的客人單獨跟你討論到梅菲的機會，我想應該不大。所以我懷疑你們是舊識。」

「哈哈哈，敗給你了，大師果然是大師。沒錯，我以前就認識梅菲，從他還是LV.500的時候就認識了。」

LV.500！那……那不就是滿等嗎？帝國的人類裡，也只有號稱「最高九人」的九個冒險者達到LV.500。而且……「還是LV.500的時候」？LV.500已經無法再升等了。難道因為什麼事，導致等級降低了嗎？畢竟歷史上不是沒有等級下降的例子。

「那你……了解梅菲的過去嗎？我跟他相處兩年了，但我對他的過去可說是一無所知，一個LV.500的惡魔，願意把自己降到LV.90來服侍人類，怎麼想都很奇怪。問他，他老是說有機會再講。」

「很抱歉，偵探大師，沒有他的同意，我不能告訴你。」

「你這傢伙，居然意外地有原則？那這樣吧，我送你『初心村的偵探事務所聯名特製精品馬克杯』一組，你就透露一點點嘛，一點點就好。」

「不行！沒有得到他的同意，我什麼都不能說。而且那個馬克杯我已經有了。」

「什麼！」

「哼哼！被我堅定的意志震驚了吧，偵探大師！」

「那個馬克杯……真的有人買？」

「居然是在驚訝那個嗎？是說大師，你問這個幹麼呢？跟一個來路不明的惡魔，一起開一間事務所，感到不安嗎？」

「我只是好奇而已啦。不管他是惡魔三魔四魔還是佛地魔，我早就把他當成朋友了。不過……好吧，說沒有一絲絲的不安，那肯定是騙人的。」

「大師啊，無論過去做了什麼、是什麼背景出身，梅菲……還有我也是，我們都很滿意現在的生活，也想扮演好現在的角色。所以你那一絲絲的不安，暫時可以放下，沒問題的。」

「暫時嗎？」

「總之就是別擔心啦！趕快先調查案子吧！走走走！往納維斯村前進！」

「真是的，梅菲也好、你也罷，我怎麼每次都要跟一些來路不明、感覺高深莫測的助手查案啊？助手不是應該要笨笨的，在一旁問：『怎麼會這樣？』好讓我這個偵探有要酷解釋的機會嗎？」

「對耶，怎麼會這樣？」

「不是現在問啦，現在我是要解釋什麼給誰聽？算了，走啦走啦！」

眼見他們要走了，我趕緊跳出牆角，假裝剛追上他們。

「鬍碴，你在這兒啊！」

「呦！是老大啊，你不是去圖書館？」

「我是來把這個還給你的，你忘了嗎？」

「那是什麼啊？」夏駱可看到小刀後，眼睛閃閃發亮，「好酷喔！好像以前看過的忍者特攝片裡出現的武器。」

「對吼！我的傳奇忍者飛刀（降價復刻版）！嘿嘿，大師你看！很酷吧！這可是我珍貴的收藏品，花了我不少錢呢。謝嘍老大！沒有弄髒吧？沒有刮到吧？」

「都沒有啦！囉嗦！」

我把傳奇忍者飛刀（降價復刻版）還給鬍碴後，走回梅菲與小李等我的地方。

「萊昂先生，你去得有些久呢。發生什麼事情了嗎？」那個曾經LV.500的惡魔這樣問我。

我突然感到背脊發涼。打從一開始，我就覺得這個明明是惡魔卻在當助手的傢伙，背後肯定藏著許多謎團。

但現在不是恐懼或杞人憂天的時候。

為了事件的真相，還有鬍碴一年份的薪水……

「沒事，我們趕緊前往圖書館吧。」

第五章

黑暗坡的食人妖

1

初心圖書館，是個破舊、髒亂、狹小、藏書甚少的圖書館，唯一的賣點，是它收藏了將近三十年來，每天的《初心日報》。

以前我非常喜歡看報紙，因為我認為報紙是記錄前一天或最近發生的事，也是歷史的一種，報導有可能在以後成為珍貴的史料。因此以前每天除了《初心日報》，我還會看《帝國大事》、《東部周報》等新聞雜誌。

然而自從老爸死後，接下仲介所，忙得我完全沒時間看報紙……

我一直是這樣認為的，但仔細想想，好像不是一點時間也擠不出來。仲介所一直都有訂報紙，關門後把所裡的報紙拿起來看看標題，也花不了幾分鐘……

那究竟是什麼原因，讓我完全不想再次翻閱報紙呢？

難道是因為害怕看到關於那件事的報導？

就算真是這樣，今天也必須面對了。

初心圖書館的雜誌報紙區非常雜亂，根本沒有按照日期擺放，甚至還有繪本、小說等等不相干的書混進來，我們光是要找到那天的報紙就費盡心力。

「找到了！」

「真的嗎，小李？趕快讓我看看！」

「找到了！《機械與魔力科學月刊》創刊號！內附魔力小機器人DIY零件！這是只發行了三期，就因為定價過高、銷量不佳而停刊的夢幻月刊啊！反正放在這裡也沒人看，我看我把零件偷偷帶回家好了……嘿嘿，開玩笑的。」

「小李啊，妳到底在瞎找些什麼啊？我們要找的是四年前那一天的報紙啊！」我不禁抱怨。

「這……這個是！」這次換梅菲那裡有了發現。

「找到了嗎？」

「唉呀！這是《魔物大全》！我當年無聊，將認識的魔物隨手畫下來後，賣給報社出版的圖鑑，居然會在這種小圖書館裡找到。說是大全，但其實我當時畫到一半就懶得畫下去了，少了至少一百多種魔物吧？反正人類不會知道有少，我還是拿了全部的版稅，嘻嘻！」

梅菲跟小李像是搬家時整理物品一樣，找到一樣東西，就停下來看一會兒，毫無效率可言。看來只能靠我自己認真找了。

「有了！」

這次是真的，因為是我說的。

找到報紙後，我快速地把整份報紙看過一遍。結果令人失望，並沒有看到什麼可疑的新聞。

我把那份報紙放在一旁，開始往前後找，找到了事發前一個月內，與事發後一個月內的所有報紙。

結果仍沒有任何收穫，反倒是看了很多關於老爸的報導。報導大多是將老爸的死當成一件奇案，用獵奇角度報導的文章，提及老爸生前貢獻的少之又少。

我接下的這間仲介所，對這個社會就這麼不重要嗎？

「都沒有嗎？」小李問我，我只能無奈地向她搖搖頭。

「那就只能回去等老闆的消息了。走吧，梅菲……梅菲？你還在看什麼？」

梅菲正在看被我丟在一旁，事發隔天的報紙。

「唉呀！怎麼會毫無收穫呢？這裡不就有一則可疑的新聞？上面寫道，事發當天，在初心地區，靠著操縱食人妖洗劫路人財物的通緝犯，蒙斯塔摩・迪布斯，來到初心村的大市集犯案。上頭還畫了蒙斯塔摩的長相呢。」

報紙上畫著一個頭頂光禿，獐頭鼠目，留著長鬚的中年男子。

「我有看到那則報導，但報導說，蒙斯塔摩的職業是馴獸師，雖然等級高，但連基礎法術都不會，唯一會的法術就是召喚、操縱並強化食人妖。我們要找的，應該是法師、薩滿、巫師這種，精通許多詭異法術，還能將它們組合使用的冒險者吧？只靠食人妖是沒辦法犯下那件案子的，食人妖又不會穿牆。」

「萊昂先生，重點不是蒙斯塔摩！報導寫道，蒙斯塔摩那天趁著初心村的大市集，物色劫財目標，後來挑中了一名少女。蒙斯塔摩將她誘騙到森林中，召喚出食人妖威脅她交出身上財物。

「這時有個見義勇為的冒險者挺身而出，將蒙斯塔摩的食人妖殺得一乾二淨。後來騎士團趕到場，將蒙斯塔摩逮捕時，冒險者已不知去向。

「之後，騎士團想找到那名冒險者給予表揚，但蒙斯塔摩卻堅稱自己一點也想不起那位冒險者長什麼樣子。少女也因為驚恐，加上冒險者始終背對她，所以無從描述他的長相。但少女是這樣說的：『一瞬間，食人妖們都倒下了，口中吐出鮮血和煙霧，但外表看起來卻毫髮無傷，連食人妖身上的甲冑都完好無缺。』之後，帝國騎士團解剖後發現，食人妖的內臟被嚴重破壞。

「說到這裡，萊昂先生，你聽出重點了嗎？」

口吐鮮血，身上的甲冑卻完好無缺……內臟被破壞……是從身體內部破壞的法術！如果犯人用這種法術行凶，就可以說明為何老爸的心臟沒了，衣服卻沒有任何的破洞，因為他的心臟是從內部被破壞的！

「唉呀！從你的表情看來，你是聽懂我的意思了。」梅菲一邊說，一邊撿起另一份報紙。

「我們要找的不是蒙斯塔摩，是擊敗他的那個冒險者，他的等級肯定不低。蒙斯塔摩一定知道那個冒險者長什麼樣子、有什麼特徵，只是怕丟臉所以謊稱忘記罷了。我們只要跟他『交涉』……」說到這裡，梅菲露出恐怖的笑容，還將手指折得喀喀作響。

「想辦法讓他告訴我們，我們就有機會找到那個冒險者。那個冒險者很可能就是凶手。我看看……唉呀，有了！這份報紙寫了，蒙斯塔摩被逮捕後判刑四年。另外，這是上個月的報紙，上面寫說他已經出獄了。我想只要用魔力通訊系統問問漢森隊長，就能知道他現在住哪了，就像找到盧迪斯家那樣。」

2

漢森隊長告訴我們，蒙斯塔摩出獄後，住在初心村與納維斯村交界的森林中。

我們正在前往那裡的路上。

這時，梅菲的魔力通訊系統響起了通知。

是夏駱可，他告訴我們他跟鬍碴的新發現。

他們到納維斯村的小酒館，調查老爸在成為公務員之前的事。

他們原本想直接找老爸的舊識，米格蘭阿姨問話，但阿姨早在十幾年前就已離開帝國了。

因為阿姨並不是人類，而是長壽的亞人族——仙鶴族。

這種種族外貌與人類相近，在帝國內的數量極少，最大的特徵是頭頂有橘紅色頭髮，手臂上會長出稀疏的羽毛，以及與實際年齡不符的年輕外貌。上一次看到米格蘭阿姨的時候，她看起來就像二十歲的少女，但那時她應該已經六十好幾了。

仙鶴族有一項傳統，那便是無論身在何處，每離開二十年，就一定要回到他們的家鄉——紅頂國——待上至少十年，才能再次離家。

紅頂國是個神祕而封閉的國度，一般人別說入境，連捎一封信都有困難，所以我已經十多年沒跟阿姨聯絡了。

夏駱可是沒辦法找到米格蘭阿姨的，這條線索就等於斷了，翳碴的薪水也就離我更近一點了。

沒想到，夏駱可接下來說的話，讓我跌破眼鏡。

「我跟紅頂國的國王有一點交情，用魔力通訊系統請陛下幫個忙吧！」

就這樣，夏駱可輕輕鬆鬆地，透過紅頂國國王聯絡上了米格蘭阿姨。

阿姨在紅頂國處於與世隔絕的狀態，當她知道老爸以離奇的狀態死去時相當震驚。

不過不久後她便平復情緒，繼續和夏駱可對話。這或許是長壽種族與生俱來的從容吧。

夏駱可見她心情平復，便接著向她詢問老爸的過去，以及他的妻子，也就是……媽媽的事。

阿姨是老爸跟媽媽從前的摯友，這我很久以前就知道了。但根據阿姨的說法，他們的感情居然好到老爸願意將自己剛出生的小孩，也就是我，託付給阿姨將近兩年。

也就是說，我在兩歲之前，是被阿姨帶大的？這我可沒聽說過！

「因為小萊昂實在太可愛了！皮耶爾擔心建造仲介所的時候，沒有人能照顧還是嬰兒的小萊昂，我就自告奮勇地說：『讓小傢伙留在我這裡吧！』小萊昂從嬰兒時期就很懂事呢，很少哭鬧，又不挑食，走路、說話，都學得很快。對沒有小孩的我來說，那兩年真是寶貴的體驗呢。不知道小萊昂現在過得怎麼樣啊？」阿姨似乎是這樣說的。

「唉……發生這種事，一定對小萊昂造成不小的打擊吧？」夏駱可繼續用彆扭的假音模仿米格蘭阿姨的聲音，為我們傳話。「那孩子，是我從小看到大的，他的個性我清楚得很！比起他爸，甚至是他自己還清楚。那孩子非常不擅長處理情緒，每次遇到傷心的事，他總是以憤怒掩蓋真正的情感，或是假裝不在意。

「我記得他小的時候，玩具被班上的惡霸搶走弄壞了，一般小孩都是先哭得稀里嘩啦的，但他不一樣，一滴眼淚也沒流，而是氣得咬牙切齒，若是我跟皮耶爾沒攔著他，他就要衝去跟人家打架了。於是皮耶爾先哄他上床睡覺，打算等明天再說，結果隔天，皮耶爾跟小萊昂談到這件事，他反而說：『反正那個玩具，我其實沒有很喜歡。』

「他怎麼可能不喜歡，那是他苦苦哀求了好久才要到的，而且才剛拿到手不過兩、三天。」

原來有過這樣的事嗎？我完全不記得了。

總之，從阿姨那兒，夏駱可得知了許多關於老爸，還有媽媽的過往。這些大多是老爸生前從未提過的。

夏駱可透過魔力通訊系統，以及噁心的假音轉達給我。

這是我第一次聽到關於媽媽的事。

不是從爸爸、不是從親戚，也不是從父母的好友，而是從一名偵探口中，我才終於得以了解媽媽是個什麼樣的人。

媽媽的名字是芭特琳諾·貝斯帝納，後來改姓貝爾納。

她是當時納維斯公會，甚至是整個初心地區最強的冒險者。

初心地區，就是包含初心村、納維斯村、安非納村、紐卜洛村、巴古漢村，這五個新手村的區域。當時媽媽的等級是LV.139，在整個地區能與她匹敵的，僅有LV.138的初心村的馬庫斯。

媽媽出身安非納村的名門貝斯帝納家族，從小就被培養成一流的冒險者。媽媽長大後的確成為優秀的冒險者，在貝斯帝納家嚴格且毫無人性的訓練下，成了一台解任務機器。但長大成人後，她漸漸發現那不是她想要的生活，於是她離開家，逃到初心地區裡距離安非納村最遠的納維斯村，捨棄貝斯帝納的姓氏，加入了納維斯公會。

媽媽很快就成為納維斯公會的王牌冒險者，她同時精通治療用的療屬性法術，以及對肉體產生作用的體屬性法術。在戰鬥中，她既能強化自己的肉體，透過肉搏做出驚人的傷害輸出，也能及時治療隊友避免傷亡。她還結合體屬性與療屬性法術，研發出獨創的複合術式「魔力細胞」，能夠用魔力瞬間建構出人體的細胞組織。這個法術治療的速度快，耗費的魔力又少，但缺點是，細胞只能在施術者周遭的一定範圍內維持。

實際應用上，比方說在戰鬥中，隊友被削去一大塊皮肉時，對他施放「魔力細胞」，就能用魔力構成暫時性的皮膚與肌肉，達到止血止痛的作用。

這樣的法術，被認為是法術治療的一大創新，而身為發明者的媽媽，曾因此受到帝國的表揚，當然也成為許多冒險者景仰的對象。

這樣的女性，自然不會缺乏追求者，同公會的男性無需多言，從其他地區來的高等冒險者，甚至連皇室貴族也大有人在。

但媽媽最後選擇了老爸。

根據米格蘭阿姨的說法，他們兩人就是在她的小酒館認識的。

那時老爸因為任務來到納維斯村，在酒館喝酒時，正好看見媽媽被追求者糾纏。

「你們給我放開她！那麼多人欺負一個女孩，算什麼好漢！」

阿姨說，這是老爸在挺身而出、英雄救美時，所說的台詞。

沒想到真的有人在現實生活中，說了「放開她……」這種羞恥的台詞……

那個人還是我爸。

結果，老爸英雄救美的下場，便是被一拳打斷了五、六根牙齒。

老爸並不知道，當時他在酒館裡的對手，是來自其他地區的菁英們，等級少說有LV.80以上。

媽媽眼見情況變成單方面的痛毆，只好出手介入，三兩下就把菁英們打得哭著滾回自己的地區去了。

看著被修理得鼻青臉腫的老爸，心想就這樣放著不管也不好意思，媽媽便對老爸施放法術。

她用「魔力細胞」暫時補上老爸被打斷的牙齒。

但「魔力細胞」只要離開一定範圍便會失效，老爸回到公會後，才發現牙齒又不見了，因此隔天他回到納維斯村的小酒館，找到了媽媽。

「拜託了！女俠，今天也幫我把牙齒修好吧！我想好好吃頓飯。」

「什麼女俠？這什麼莫名其妙的稱呼？我叫做芭特琳諾！」

「那就麻煩妳了，小芭，我的牙齒。」

「小芭？……算了……隨便啦！真是的，嘴巴張開啦！」

因為這個契機，雙方開始變得熟稔。老爸從這時開始，每天往納維斯村跑。一開始當然是為了牙齒，後來則是為了媽媽。

直到有天，媽媽提議爸爸去考任務部門的公務員。因為初心地區的任務部門以及員工宿舍，正好在納維斯村，這裡是媽媽平常的活動範圍附近，也就是在「魔力細胞」能維持的範圍內，如此一來，老爸就不需要每天跑來跑去。

於是老爸就在媽媽的陪同下，開始了為期一年的苦讀。這一年中，他們的感情也漸漸升溫。

之後，老爸通過了考試，離開了初心公會，搬到納維斯村，但他沒有住進宿舍，而是住進了媽媽的小屋，展開同居生活。

一年後，兩人正式結婚；五年後，兩人才有了第一個小孩，也就是我。同一時間，老爸的仲介所即將動工，可謂喜事成雙。

我出生後，被暫時託付給米格蘭阿姨，他們夫妻倆則前往初心村西南方的森林，準備在森林裡待上幾個月，全力完成仲介所的搭建後，再將我接過去。老爸一個人的話，大約一年多就能完成，加上有媽媽的幫助，工期大約能縮短至八個月。只不過不知為何，最後花了將近兩年。

完工後，老爸請阿姨將我帶到仲介所，並在那時告訴她一個令人難過的消息。

媽媽在森林裡失蹤了。

老爸向她解釋，之所以花了兩年這麼久，就是因為每天都花上半天的時間，在森林裡尋找媽媽的蹤跡，最後仍一無所獲。這件事驚動了整個初心地區，五個村子的公會紛紛派出菁英，組織搜救隊進入森林，最後人沒找到，倒是殺了不少沒見過的魔物。

而貝斯帝納家族的反應則是意外地冷淡，或許他們在媽媽離家出走的那一天，就當作這個女兒根本不存在了吧。

在那之後，老爸就一直待在初心村，再也沒去過米格蘭阿姨的小酒館。

3

「以上，就是我們在納維斯村打聽到的消息。還有萊昂，米格蘭大姊要我告訴你，她決定離開紅頂國，回到初心地區。」

阿姨終於要回來了嗎？算算時間，她待在紅頂國也超過十年了。

「聽完這些情報之後，總感覺什麼東西要出來了，就像在體內激烈翻攪一樣。」夏駱可說：「所以我打算回事務所坐一坐，思考一下。」

「唉呀！偵探先生，我早就覺得剛剛的包子怪怪的，你需要止瀉藥嗎？」

「你說什麼啊？我可不是要回去坐馬桶！而是要坐著思考！真相快從我腦中湧出來了，等我想到再聯絡你們。說這麼久，我魔力都快用完了，先這樣，拜拜。」

說完，夏駱可切斷魔力通訊系統。

「那我們這邊，就繼續原本的計劃吧。」梅菲說。

這時，我們已經抵達蒙斯塔摩的住所了。

蒙斯塔摩的家，在森林裡一條氣氛陰森的坡道上。

他的房子周遭張開了一層淡藍色的結界。

「放心，我們進得去，那個結界是騎士團針對食人妖跟蒙斯塔摩設下的。結界讓食人妖沒辦法出來，蒙斯塔摩本人雖然可以進出，但碰到結界時，騎士團會收到通知。至於我們則可以正常出入。」梅菲解釋道。

於是我們進入結界之中，正好看到蒙斯塔摩鬼鬼祟祟地走出屋子。

蒙斯塔摩看到我們，嚇了一跳。

「您好，蒙斯塔摩．迪布斯先生，我們是——」

「你……是你！你是那傢伙派來的對吧！可惡……竟然被發現了！」

蒙斯塔摩看見我之後，嚇了一大跳，臉上的表情彷彿剛從惡夢中清醒過來。

「唉呀！情況好像比我原本預想的還要不妙呢。」

梅菲這麼一說我才發現，我們已經被食人妖包圍了。

眼前彈出紅色邊框的小方塊，這是冒險者進入戰鬥時出現的「戰鬥視窗」，上面會顯示敵我等級、裝備的道具、使用法術的名稱和等級等等各類資訊。

從視窗可以得知，食人妖們的等級從LV.30到LV.50不等，共有六隻，從四面八方包圍我們。

蒙斯塔摩大聲叫道：「這次我不會再輸啦！我的馴獸法術可是全面進化了，你們以為現在包圍你們的是食人妖嗎？」

「怎麼可能？」梅菲問：「牠們是食人妖……沒錯吧？難道不是嗎？」

「牠們現在，是超級食人妖！」

聽起來是很沒有創意的進化，這傢伙真不會取名字。

食人妖是類似哥布林的魔物，有著長長尖尖的鼻子，寬大的耳朵，肥大的肚子，牠們通常手持棍棒、鈍器攻擊。高等的食人妖力氣極大，能打穿鋼鐵製的盾牌，而且還很聰明，有些亞種甚至能學會基礎法術。不同於最高不超過LV.30的哥布林，歷史紀錄裡，等級最高的食人妖達到了驚人的LV.231。

但如果只是這種等級的，勉強可以應付！

我看了看視窗內的友方資訊，我目前是LV.27，小李是LV.9，梅菲則是LV.90。有梅菲在，應該是沒有問題，只要保護好小李就行了。

「小李！妳的等級比較低，請躲在我們後面吧。」

我伸手示意小李往後靠，但她反而不甘示弱地往前站。

「可別以為我等級低，就沒辦法戰鬥了！」

小李從胸前的口袋，掏出了一把長約一公尺的大型火器。炮口的直徑大約有二十公分，與她纖細的手臂形成強烈對比，炮身的表面刻了密密麻麻的魔法陣圖案。

食人妖們看到沒見過的武器，頓時停下腳步，不敢輕易靠近。

「妳到底是怎麼把那東西收進口袋裡的啊？」

「嘿嘿！這就是這玩意兒的厲害之處了。透過口袋裡的魔水晶提供魔力，觸發炮身表面刻印的間屬性魔法符文，就能用空間法術將體積縮小。從口袋拿出來之後，因為與魔水晶分離，失去魔力供給，空間法術便會失效，恢復成原來的大小……

「這把普羅米修斯火箭炮，就是我的祕密武器！」

「普羅米修斯？是發明者的名字嗎？」

「不是啦，這是我發明的！」

「啊吼——」

食人妖們突然大吼一聲，彷彿在提醒我們：「現在是戰鬥中，聊什麼天？」

「不說了，你們等著看就對了！」

小李提起沉重的火箭炮，將它架在肩頭上，用纖細的手臂勉強將它舉起。或許是受不了火箭炮的重量，她兩條手臂的肌肉不停顫抖。

「嘿咻！真是的……當初設計的時候……忘記考慮重量了……哈呼……哈呼……」

光是將炮口對準敵人，小李就累得氣喘吁吁了。

「萊昂，幫個忙，幫我拿一顆魔水晶，然後丟進炮身側面的小洞裡！」

「好！魔水晶在哪裡？」

「在我胸前的口袋裡！」

「啊？在那裡？要……要我伸手進去拿啊？」

「吼——」

食人妖一邊大叫一邊緩步逼近，已經不是猶豫的時候了。

我將手伸進小李胸前的口袋。

「哈哈哈……好癢……不是那邊啦……再左邊一點。」

這感覺，好像把手伸進天空，在柔軟的雲朵中，感受溫暖的陽光。

今天真是太走運了！

「啊——吼——」

啊不行！沒時間想那些有的沒的了！

東摸西找了半天，我的手指撥開了硬幣、鵝毛筆、筆記本、螺絲起子、圓規、牙刷、打蛋器、螺旋槳，才終於摸到一顆紅色的魔水晶。

她到底是怎麼把這麼多東西都塞進口袋裡的啦？

我好不容易拿出魔水晶，將它從炮身側面的小洞塞入炮管。霎時，炮口發出耀眼的紅光，我感覺到強大的魔力不停從炮管溢出，就像一座快要爆發的火山。

「看好了！普羅米修斯火箭炮！神火發射！」

小李扣下扳機，紅光變得更加耀眼，整支火箭炮變成了一根發光的柱體。

由於光芒實在太刺眼，我閉上了眼睛；因為猜想發射時會產生強烈的爆炸聲，我也摀住了耳朵。

「咦？」

奇怪的是，似乎什麼也沒發生。

我睜開眼睛，發現火箭炮的炮口沒有發射出任何東西。

反而是尾端，不停噴出白色的煙霧。

「咦？奇怪？怎麼會這樣？啊——抓不住啦！」

火箭炮居然從小李手中飛了出去，筆直飛向那群食人妖。

「原來這個武器，是以飛出去砸人的方式攻擊嗎？太厲害了！完全顛覆我的想像！」我驚嘆道。

「當然不是啊！應該要發射光束才對啊？原本的設計是射出威力相當於『能量炮LV.300』的光束。怎麼會這樣呢？哈……哈哈？」

在小李苦笑的同時，火箭炮持續飛向食人妖們，其中一個LV.50的食人妖，一把接住了火箭炮。

牠毫不費力地架起炮管，將炮口反過來朝向我們。

「喂！小李，一顆魔水晶，應該只能發射一次吧？」我問。

「當然不只嘍，我怎麼可能設計出能源利用效率那麼差的武器嘛。一顆魔水晶至少可以射三次，如果是用你剛剛丟進去的那種『普美特製高儲能魔水晶』，嘿嘿，射個十發都不成問題！」

「那現在……」

我們尷尬地四目對望。

「沒……沒事的啦！身為發明者的我，剛剛都發射失敗了……這次一定也射不出東西的，哈哈……哈哈哈！」

雖然小李嘴上這麼說，但下一個瞬間，她卻跟我做出了一模一樣的動作——雙手抱頭臥倒。

食人妖扣下手中的火箭炮扳機，這次不只強光，還發出嘰嘰喳喳的噪音。我跟小李低著頭不敢抬起，深怕頭抬高了，腦袋便會消失在光束之中。

但從火箭炮裡發射出來的並不是光束。

砰——

而是一聲巨響。

我抬頭一看，火箭炮在食人妖手中炸個粉碎，連帶那個食人妖也被炸得一點灰都不剩了。

「啊……人家的發明……造價六十五金幣的普羅米修斯火箭炮！嗚嗚嗚……」

「唉呀！小李啊，取名字是很重要的。」梅菲在一旁拍手說道：「都叫做普羅米修斯了，果然得迎向自我犧牲的結局呢。至少它成功解決一個敵人了。」

「好險它沒有在第一次發射的時候爆炸。小李啊……妳還是別再拿出什麼奇奇怪怪的發明了，先退到我們後面吧。」

失去壓箱寶的小李只能暫時退後。

我跟梅菲兩人，一左一右圍住小李。

「萊昂先生，你負責一隻就行，剩下的四隻交給我。」梅菲這麼說道。於是我鎖定了面前那隻手持大槌，LV.30的食人妖。

好久沒有戰鬥了！雖然現在手邊沒有武器，不過我的職業是武鬥家，正好擅長空手搏鬥。

對了，這裡的職業並不是指賺錢的工作，而是冒險者戰鬥風格的分類，所以請不要吐槽說：「你的職業不是仲介所所長嗎？」

我施放水屬性法術「波濤LV.20」，瞬間產生出大量的水，再使用操屬性法術「操流術LV.25」操縱波濤產生的水，讓水纏繞在我的拳頭。這是我的得意招式，名為漩渦拳套！

食人妖將右手中的大槌高高舉起，迎面朝我敲來。我用左手的漩渦拳套擋下，用強力旋轉的水流將大槌彈開。食人妖因為槌子的重量，整個身體向後傾斜，我抓準這個空隙，用右手狠狠地往食人妖的腹部打出一記重拳。

我的拳頭可不是單單包覆著水流而已，擊中敵人時我操縱水流，讓水快速進行螺旋狀的流動。高速旋轉的水不只有拳擊的力道，更有像鑽頭一樣的穿透力，雖然還遠遠不能打穿身體，但力道足以將敵人狠狠打飛。

這一擊完美命中了食人妖，牠騰空向後飛了兩、三公尺，但在落地前重新抓穩了重心，在半空中翻了個圈後，以雙腳與左手著地。落地的瞬間，牠雙腳用力往前一蹬，立即衝刺到我眼前。牠舉起右手的大槌，往我的太陽穴敲來。

我趕緊將拳頭上的水移動到頭部進行防禦，高速旋轉的水流不但有穿透力，同時也有絕佳的防禦力。

雖然成功在槌子擊中前架起一道水牆，卻來不及讓水旋轉。槌子穿過了水牆，打在我的腦袋上。霎時，沉重的疼痛穿過腦袋，我被槌子的力道擊飛，在地上滾了兩、三圈後才重新站起。

所幸受到攻擊前有及時形成水牆，雖然沒來得及旋轉，水牆的防禦力不足以擋下攻擊，但還是吸收了槌子一部分的衝擊力，否則我的頭殼現在肯定流出腦漿了。

沒辦法了，本來想留著一點魔力，等這裡解決後再去幫助梅菲，這麼看來，LV.30的食人妖不是我能保留魔力的對手。

我再一次使用「波濤LV.20」產生更多水。水流到食人妖腳邊的瞬間，我操控水，讓水變得像繩子一樣綑住牠的四肢。牠極力掙扎，以牠的力量，我的水繩只能困住牠大約二十秒。

不過這樣就足夠了！

我拿出當時在學校當作畢業製作的，現在的我能使出的最強招式。

其名為——

乂爻新海神怒濤水龍之縛超旋轉超快速超貫穿連續拳改爻乂！

這是我自創的得意之作，尤其滿意的是招式名稱，比什麼超級食人妖響亮多了！

我在漩渦拳套的基礎上又加入了體屬性法術「運動加速LV.8」，使我揮拳的動作變得更快，而且能連續出拳。再加上事先用水繩固定，使敵人不會在受到攻擊後向後飛，可以不停地在敵人身上打出好幾次強力攻擊。

這招可是被冒險者實驗學校的法術科教授，評為難得的佳作。在技巧性、創新度、威力、實用性、命名品味，五個項目中，有四個都拿到了九十分以上的高分。

「乂爻！新！海神！怒濤！水龍之縛！超旋轉！超快速！超貫穿！連續拳！改！爻乂！」我一邊大聲喊出招式名稱，一邊出招。

二十秒內，我在食人妖身上打出了五十多拳。

LV.30的食人妖，受到我的連續攻擊，倒地不起。

同時我也耗盡魔力，水繩跟漩渦拳套都無力維持，變成一灘水灑落地面。

要是梅菲沒辦法解決剩下的四隻，我們就只能任妖宰割了。

正當我這麼想時，回頭一看，剩下的四隻食人妖已變成一堆屍塊，散落一地。

梅菲正舔著他沾滿鮮血的雙手。

「呸！好難吃！比鴨血還難吃！」

真是驚人！雖然不再是LV.500，但LV.90的梅菲還是能靠著等級差，輕鬆輾壓LV.50以下的食人妖。我甚至沒看到他使用法術，全靠肉搏就做到這種程度嗎？

「嘿嘿！一群白痴，以為這樣就結束了嗎？」

突然間，從我們前後左右的地底下鑽出四隻身形巨大、表情凶猛的食人妖，牠們分別武裝著流星鎚、狼牙棒、金瓜鎚與鐵手套，其中戴著鐵手套的食人妖尤其凶狠，像隻發了瘋的藏獒似的不停低吼。

「因為召喚這四個傢伙有點費時，我才會先用低等的小雜魚拖時間。怎麼？你們幾個廢物，該不會已經用完魔力了？」蒙斯塔摩似乎認為自己勝券在握，開始對我們冷嘲熱諷。

但他說得沒錯，我的魔力已經耗盡了。小李只有LV.9，跟一些無法當作戰力的怪發明。只能靠梅菲了。

我透過視窗，看了看這四隻食人妖的等級。

「LV.119、LV.120、LV.123、LV.128！」

一隻比一隻高等，還全都超過梅菲的LV.90！

四隻食人妖將我們包圍，並一步步地逼近。牠們每隻少說都有兩米高，跟剛才那幾隻不到一米五的比起來，簡直就像大人比小孩，不，是巨人比嬰兒。

鐵手套食人妖率先攻擊，牠將雙手十指環扣後，高舉過頭，再狠狠地捶了下來。

這一拳被梅菲的「防護罩LV.100」擋了下來。

防護罩是能屬性法術中的基礎，幾乎每個冒險者都會，但一般冒險者要將它練到LV.30都十分困難，可說是易學難精的最好例子。而梅菲卻能使出防護罩的最高等級——LV.100——而且LV.90的他，居然能使用超過自身等級十等的法術，真是太厲害了！這樣說不定能贏！

就在我稍微放下心來的同時，其他三隻食人妖也舉起手中的武器往我們砸過來。

梅菲一樣用防護罩擋下，他同時施放了四面防護罩！真是驚人的實力。有實力這麼高強的夥伴，應該是不用擔心了！

話好像說得太早了……

LV.100的防護罩，有著鋼鐵般的堅硬程度，但LV.100以上的食人妖，可有著鋼鐵也擋不下的蠻力。再加上高等級的食人妖，還有比普通魔物更可怕的武器……

那便是幾乎與人類同等級的戰鬥智商。

突然間，將我們包圍的食人妖移動腳步，往我們的前方集中。

「想從正面集中火力嗎？」梅菲察覺到了這一點，「那就將魔力集中在正面的防護罩吧！」

「梅菲，等等！」這時我發現有點不對勁……

「還有一隻在後面啊！」

原來移動到前方的食人妖只有三隻，在我們正後方，帶著鐵手套的食人妖僅僅只是做出假動作而已。

在梅菲將魔力凝聚在前方的那一瞬間，鐵手套食人妖沒有放過這個機會，牠朝著防禦薄弱的後方揮出重拳。

後方的防護罩發出啪唧——啪唧——的聲音，從防護罩內看出去的景象開始出現蜘蛛網般的紋路，就像夏駱可掉在地上的眼鏡一樣。

「唉呀，糟了！」原本一派輕鬆的梅菲，似乎開始緊張了起來，「如果現在讓魔力回到後方，前面好像會撐不住喔？」

「啊！怎麼辦、怎麼辦！要破了啦！人家就要死在這裡了啦！如果有來生，我想轉生回原來的世界，當少女團體的偶像。」小李已經開始胡言亂語了。

「那我的話，嗯……我想想……有了！我來生想當捐血車，這樣就可以喝很多血。」

梅菲不專心維持防護罩，居然加入討論來生的話題。

「你們有沒有搞錯啊！」

只剩下我還神智清醒了。我試著將魔力重新凝聚，看能不能搞出什麼花樣來。

完全不行！乂爻新海神怒濤水龍之縛超旋轉超快速超貫穿連續拳改爻乂已經耗盡我所有的魔力，一點點都擠不出來了。

「如果有來生，我想當考古學家……」

食人妖們似乎察覺到防護罩已經快撐不住了，開始加快打擊的速度。

「吼——」

鐵手套食人妖舉起雙手，大吼一聲；其他三隻食人妖跟著高舉武器。四隻食人妖同時向防護罩砸下重擊。前方的防護罩啪啦地應聲破裂，後方的防護罩更是直接化成粉塵般的碎屑。防護罩後面的我們，被前後夾擊的猛攻敲成爛泥……

如果我們還在防護罩後面的話。

「蒙斯塔摩．迪布斯先生，您真是個稱職的馴獸師呢，偶爾看看低等動物表演雜耍，心情真是愉悅……啊！請不要誤會了，我說的低等動物並不是食人妖，而是您。」

梅菲在空中說道。

他左手抓著我，右手抓著小李，張開皮衣化成的蝙蝠翅膀盤旋在空中。

四隻食人妖發現防護罩裡沒人，又聽到天空傳來聲音，連忙抬頭向上看。已經太遲了，梅菲早已自空中俯衝而下，衝到鐵手套食人妖背後，並一腳踢斷了牠的脖子。

高等食人妖的肉體應該有如岩石一般強韌，但梅菲沒使用任何強化身體或攻擊用的法術，光靠本身驚人的腿力，就把強韌的肉體像豆腐一樣踢碎。

之後，梅菲以令人無法反應的高速，繞到其他食人妖背後，一個一個，用他有如斷頭台的踢擊，對食人妖們處以斬首之刑。

不過四次踢腿的工夫，四隻百等以上的食人妖身首異處。

解決了食人妖後，梅菲收起翅膀，並將手中被甩得頭暈目眩的我和小李放回地面。我找了個樹洞，朝裡面把不久前吃的鴨血肉包吐得一乾二淨。

「這……太扯了！怎麼可能！你是什麼時候長出翅膀飛上去的！」蒙斯塔摩一臉驚恐地問道。

「就在萊昂先生說他想當考古學家之後。」

「這……這不可能——」

「你接下來會說：『那個時候我明明看到你還在防護罩後面！』來，說吧！」

「既然知道我要說什麼，那就一起解釋清楚啊！」

「呿！你就不會配合一下嗎？是幻術，幻術啦！」

原來，梅菲用了幻屬性法術「虛偽表象LV.85」，這種法術可以將虛假的影像投射在物體上。他將我們的身影映照在防護罩上，讓蒙斯塔摩跟食人妖都以為我們還躲在岌岌可危的防護罩後頭。

「居然搞這種把戲！」

「我跟偵探先生約好了，不再使用攻擊法術，剩下防護罩跟幻術能用，當然只能搞這種把戲嘍。」

「哼，算你厲害！不過你們果然是笨蛋！竟然還特地花時間說明，讓我有時間準備這個。」

蒙斯塔摩說完的瞬間，地面再次出現裂痕。這次是在他腳下的土地。

「吃過四年前的敗仗後，我就學會替自己留後路啦！先走一步！」

地面竄出一隻高兩米半，身著鎧甲的食人妖，牠扛起蒙斯塔摩，以電光石火的速度衝到結界邊緣。

靠近結界後，食人妖放下蒙斯塔摩，並用雙手不停敲打著結界。

結界被敲出一個大洞，蒙斯塔摩小心翼翼地不碰到結界，縮著身子從洞口爬出。

「唉呀！這傢伙大概平時就一點一點地破壞結界，想在騎士團不知情的狀況下溜走吧。看來今天剛好是他行動的日子，卻被我們碰上了。」梅菲說。

正當我們想追過去時，那隻食人妖擋住了我們的去路，定睛一看，這次的居然有LV.135！肯定就是蒙斯塔摩最後的殺手鐧吧。

「真是學不會教訓呢。」

梅菲向前一躍，朝著食人妖腹部使出一記飛膝。這一擊力道驚人，站在一旁的我都能感受到撞擊的震撼力，彷彿攻城鎚擊打城門，響亮的撞擊聲迫使我摀住耳朵。不敢想像這要是打在普通人身上，那人會變成多軟爛的肉泥。

但高等食人妖終究不是一般人。

食人妖的鎧甲被擊穿了一個洞，身體卻毫髮無傷。

「唉呀！被擋下了？這盔甲比我想像的還硬。」

糟了！現在梅菲離食人妖太近了！

食人妖伸出雙手，想將梅菲擒抱住。若是被牠抓到，恐怕會像塊破抹布一樣，被肆意蹂躪。

眼看食人妖的手就要觸及梅菲。

梅菲縱身一跳，踩著食人妖的雙手，跳上了牠的肩膀。

他雙膝跪在食人妖的肩上，雙手則扶著食人妖的頭。

「雖然盔甲有點麻煩，但這樣的話……」

食人妖為了將他甩下來，像發了狂似的拚命扭動身體。

「你不要亂動嘛！你越動，等一下就會越痛喔！」

梅菲雙手抓緊食人妖的頭，使力一擰，只聽見喀喀——喀——的聲音，食人妖的腦袋像陀螺一樣地旋轉，轉了整整三圈半。

「搞定！」

梅菲跳回一旁的地面，欣賞食人妖倒下的姿勢。

LV.135等級的食人妖不出幾分鐘，就成了一具雖然仰躺卻臉朝地面的屍體。

「不好，他要逃走了！」

這時，我驚覺蒙斯塔摩已經離我們有一段距離了。

「這個就交給我吧！」

小李從胸前的口袋拿出一顆魔水晶後，像是綁鞋帶一樣彎下腰。

她將魔水晶放進她的鞋子裡，鞋底瞬間竄出一道猛烈的火焰，小李整個人被火焰的力道推向天空。

「剛才的普羅米修斯火箭炮雖然失敗了，但是我的伊卡洛斯飛天鞋絕對不會有問——咦，又來？」

小李的話才說到一半，鞋底的火焰驟然熄滅。

「唉呀！取名字果然很重要呢，都叫伊卡洛斯了，會掉下來也是理所當然的吧。」梅菲站在原地，看著人在半空中的小李，完全沒有要上去救她的樣子。

話說伊卡洛斯是誰？

「哇！太危險了！」

我連忙衝上前去，想接住小李，但她已經飛太遠了，完全追趕不上。她就這麼從半空中落下，巧的是，蒙斯塔摩這時正好衝到小李正下方的位置。

「掉——下——去——啦——」

砰——的一聲，小李一屁股坐到了蒙斯塔摩臉上。

蒙斯塔摩這個幸運色狼，似乎還留有最後的一點好運，居然能跟美少女的柔軟屁股親密接觸。

走近一看，我發現我錯了，跟他親密接觸的不是屁股，是膝蓋。

他的鼻子已經被小李的膝蓋整個撞歪，看來他這次真的是運氣已盡。

「好了，逮到你了。」梅菲說：「現在你可以選擇老實回答我們的問題，或是變得跟你最愛的食人妖一樣。好了，你要選哪個？唉呀！不用想也知道一定是後者對吧？畢竟你是牠們的主人，肯定會想陪親愛的寵物走一趟黃泉路，對吧？」

「不要……不要！我說！我什麼都說！」

蒙斯塔摩躺在地上，把身體縮成一團，一邊求饒一邊發抖。

「那就到屋裡，一件事一件事，慢慢地說個清楚吧。」梅菲抓起蒙斯塔摩，往他的屋子走去。

「是說，什麼味道這麼臭啊？」我問。

「唉呀！這傢伙嚇到尿褲子啦！」

第六章

推理要在開棺後

1

就在我們剛從蒙斯塔摩的嘴裡得到想要的情報後，魔力通訊系統響起了通知。

是夏駱可。

「喂喂喂，萊昂，我想問你，還記得你看到父親的屍體時，屍體嘴巴裡的狀況嗎？想不起來也沒關係啦，我只是確認一下。」

「嘴巴？老爸死的時候，嘴巴沒有特別張開，我也不敢去掰開屍體的嘴巴，所以我就只看到沾滿鮮血、一片紅而已。」

「那當天早上呢？你出門前呢？」

「就……跟平常一樣啊。」

「牙齒呢？」

「牙齒？沒什麼特別的啊。」

「那我再確認一次，你父親死的時候，臉部沒有被毆打過吧？」

「沒有，除了那個洞以外都好好的。」

「我知道了……那……我想看看骨頭，可以嗎？」

「骨頭？你是說老爸的屍體嗎？」

「對，挖出來看。我覺得我似乎想通什麼了，所以想看看。」

「那……好吧，應該可以吧。」

希望老爸晚上不要到夢裡來找我抱怨。

「好，那你們先回事務所一趟。」

夏駱可似乎有什麼頭緒了。但是，在向蒙斯塔摩問出我們想要的情報後，我大概已經知道一切真相了。我想我已經知道老爸是被什麼法術殺死的，凶手又是怎麼進入密室狀態的書房。

如果真是我想的那樣，那凶手實在太可惡了！

欺騙了我這麼多年，一直裝出若無其事的樣子！我的人生居然被這樣的下三濫搞得必須放棄夢想，每天過著渾渾噩噩的日子。

不過……

蒙斯塔摩說的是真的嗎？那種個性卑劣的傢伙，情急之下胡扯瞎扯也不是不可能。

還有，夏駱可說他想通了？夏駱可並沒有聽到蒙斯塔摩說的話，他是憑藉自己的觀察推理出來的嗎？畢竟在我們分開的這段時間，他多的是機會好好觀察……

「好了，這樣就沒問題了！」

梅菲用法術修補了結界上的大洞，順便強化了結界，這下蒙斯塔摩恐怕這輩子都拿這個結界沒轍了。

沒想到梅菲連這都做得到，曾經LV.500的惡魔，簡直是萬能的。他不使用攻擊法術，似乎只是不想用而非不能用，說不定他一個不高興，就會像對食人妖那樣，踢飛我的腦袋，到時可不是什麼旋轉的水牆有辦法擋下的。

「那麼我們走吧，萊昂先生。」梅菲面帶微笑地向我說道。

他親切的笑容提醒了我，他剛從食人妖手中，用防護罩和幻術保護了我跟小李。

等等，既然梅菲會使用幻術，那不如……

「各位！」

離開蒙斯塔摩家，前往事務所的途中，我叫住了梅菲跟小李。

「我想大家都不太能相信剛剛聽到的事吧？至少我是絕對不會相信的！」

「沒錯！」小李回答：「不敢相信！老闆居然想去挖墳墓！」

「小李啊，萊昂先生說的，應該是蒙斯塔摩剛剛告訴我們的事吧？」

「喔，是那個啊？」

「對，我指的是那件事。如果沒有親眼見到，我是不會相信的。」

「的確啦！」小李說：「那個蒙斯塔摩說得是有點誇張。」

「所以我有個提案……」

雖然四下無人，完全不用擔心被偷聽，但我還是請他們將耳朵靠過來，感覺討論祕密計劃就一定得這麼做。

「這樣啊……」梅菲說：「我很樂意幫助你完成這個計劃。」

「謝謝你，梅菲。那……小李妳呢？雖然這個計劃對妳來說，要做出的犧牲可能會比較大一點……」

「嗯……」小李皺起眉頭，用兩根食指搓揉起她的兩側太陽穴。

「拜託了！事後產生的費用，我會負責的。我……我想要親眼確認看看，說不定只是蒙斯塔摩搞錯了。」

「好吧！為了我們的委託人，只好這麼辦吧！」

於是我們邊走邊討論計劃的詳細內容，很快就到了事務所。

一開門，就見到鬍碴坐在椅子上，而夏駱可則在大廳來回踱步。

「啊，終於回來了！事不宜遲，萊昂，趕緊帶我們到你父親埋葬的地方吧！」

他一見到我們，就連忙要我帶他去墓園。

「可是……」

「怎麼了？難不成……你父親是火葬的？還是海葬？該不會是餵給禿鷹吃的那種……叫什麼……天葬？」

「不，他就埋在初心村的墓園裡，只是那個墓園最近有奇怪的傳聞。」

「什麼傳聞？我怎麼沒聽說過？」

「我上次打算去掃墓的時候，有一個老人叫住了我。他告訴我，今年絕對不要去那個墓園，說是因為今年的行星們排成一線還是什麼的，而那個墓園好像又是磁場特別強烈的位置，因此今年那裡將會有來自異界的魔物出現。」

「異界的魔物？」

「沒有錯，就是……」

「是？」

「地獄守墓犬兄弟！」

「你說什麼！居然是！地獄守墓犬兄弟？好，狀況我了解了……那我們出發吧！」

「喂！你有在聽我說話嗎？那可是地獄！守墓犬！兄弟欸！有銳利的尖牙、堅硬的身軀、敏捷的身手、嗜血的性格，就連擅長戰鬥的冒險者，遇上牠們也只能被疾風般的速度耍著玩，好不容易找到空隙攻擊牠們，招式也會被鋼鐵般的外皮擋下，最後慘死在牠們的尖牙利爪之下。」

「反正我們有梅菲在，你不要看他這樣，他戰鬥很厲害的。」

「偵探先生，請問看我這樣指的是哪樣？」

「唉呦，我是說看你很厲害的樣子啦！那個什麼地獄三頭狗你應該搞得定吧？」

「是愛玉三腳貓，偵探先生。」

「都不是啦！你們兩個！是地獄！守墓犬！兄弟！」

「好啦，萊昂，我知道啦，卡拉馬助夫兄弟嘛。」

「夏駱可啊，只有兄弟兩個字是對的，你是不是故意說錯的？」

「總之梅菲會有辦法的，對吧？」

「當然了，如果在魔力充足的狀態，那種三腳貓自然是不在話下。」

「那就快出發吧，天都要黑了。天黑之後的墓園可是很可怕的。」

說完，夏駱可背起一個大背包，拉著我們往墓園走去。

2

我們來到墓園的時候已經黃昏了，雖然還沒有真正天黑，但昏暗的光線已經讓整座墓園十足陰森。四處可聞烏鴉的叫聲，野狗吹狗螺的聲音，腳踩在草上發出的沙沙聲，都令人不禁懷疑，這是不是怪物出場的前奏曲。

「嗚……怎麼背後感覺有一股寒氣？萊昂，你走前面好不好？」

夏駱可躲到我的身後，雙手搭在我的肩膀上。肩膀能感覺到他的手不停地顫抖。

「糟糕，剛剛興致一來就完全忘了……其實我超怕鬼的啦……喂，萊昂，怎麼還沒到啊？」

「我好像……有點迷路了。」

「不……不會吧？」

初心村的墓園並沒有特別規劃，走起來像迷宮一樣，墓碑更是東一塊西一個，外型還都差不多，特別容易讓人搞迷糊。

再加上，其實我並不常來墓園替老爸掃墓，應該說幾乎沒有來過，所以我對這裡一點也不熟悉。

這麼多年，我一直埋怨著老爸，怨恨他讓我背上債務，責怪他破壞我的夢想。

但事到如今，我大概已經知道誰是真正的罪魁禍首，夏駱可應該也察覺到了，他或許正是為了驗證這點，才會來到這片墓地。雖然我還不明白，他究竟想從老爸的屍骨看到什麼？

等一切都結束後，再好好幫老爸掃一次墓吧。

花了一會兒時間，我才終於找到往老爸墳墓的方向。我的肩膀都被夏駱可給抖到沒知覺了。

當我們正要靠近時，梅菲繞到最前頭，伸出了手擋住我們。

「噓——你們沒有發現嗎？」這時，太陽已經下山了，深沉的藍色籠罩整個墓園。月光取代夕陽，成為昏暗光線的來源。

梅菲將食指放在嘴唇上，用螞蟻說話般的音量，刻意不回頭地對身後的我們說：「各位都……沒有聽到嗎？」

我們四個人都因為梅菲的舉動停下腳步，應該已經沒有任何人在走動了。

沙——沙——沙——

踩著草地的聲音，卻還是從身後傳來。

「唉呀！好像有什麼東西在後面呢。各位，我們現在慢慢往前，盡量不要發出聲音，也不要做太大的動作。一步一步慢慢地跟它拉開距離。」梅菲仍舊頭也不回，維持著小聲到幾乎聽不見的音量。

沙——沙——沙沙沙沙——

「慢慢地……輕輕地……一步一步地——」

「喂！梅菲！」

夏駱可突然發聲，就像意外引爆的火藥一樣，將原本寂靜的氛圍炸得粉碎。

「就……就是因為可怕……所……所以才要鼓起勇氣！別再畏畏縮縮的了，那麼小聲地講話，聽都聽不清楚。拿出氣魄來！對！氣魄！只要有氣魄，管他鬼啊、幽靈啊、殭屍啊，全都會被嚇跑的！哈哈哈哈！」

夏駱可的笑聲清楚地迴盪在整座墓園，樹上的烏鴉都被他的大喊嚇得四散亂飛。

「真是的，偵探先生！你那種笑聲是沒辦法把鬼嚇跑的，反而會讓它們想出來看看，是誰在自己的地盤笑得這麼囂張吧？」

「咦？是這樣嗎？」

沙沙沙沙沙沙——

從剛才就一直跟著我們的腳步聲，自後方飛奔而來。

「對不起、對不起，是我錯了！我以後不敢這麼囂張了。」夏駱可抱著頭，蹲在地上發抖著。

嗷嗚——

一聲響徹雲霄的狼嚎，像飛箭一般刺進我們的耳朵。

「唉呀！來了！快躲到我身後！」

梅菲向後轉身，同時施放了一道巨大的防護罩。

兩隻外型像狗的生物撞上了防護罩。

我用發抖的聲音說道：「牠們……牠們是！」

月光照射下，兩隻惡犬的身影映入我們的眼簾。

「欸？不是鬼？」夏駱可站起身，「什麼嘛？只是兩隻流浪狗啊？」

「什麼流浪狗！牠們就是……地……地……地獄守墓犬兄弟啊！」

牠們身披毛燥髒亂且長有許多膿瘡的灰色皮毛，拖著一條尾端帶有尖刺的長尾巴。牠們睜大血色的雙眼，露出像鐵釘一樣尖銳的長牙。我彷彿可以看見死在那口利牙下的亡魂仍在牠們嘴邊遊蕩。

雖然體型大小跟普通的土狗沒兩樣，但牠們散發出的殺氣，就算是咬死了千百隻獵物的獵犬也比不上。而且牠們的背上，還長了普通犬科絕對不會有的東西——一對翅膀！那是像惡龍一般，包覆著一片片尖銳鱗片的翅膀。

牠們揚起翅膀，盤旋在靠近地面的低空中。

「梅菲，既然不是鬼，就趕緊解決牠們吧。萊昂父親的墓就在眼前——」

夏駱可的話還沒說完，梅菲突然雙膝跪地。

圍繞著我們的防護罩開始閃爍，幾秒後，防護罩消失了。

「喂，梅菲！你怎麼了！振作點啊！」

夏駱可連忙衝到梅菲身邊，攙扶住他。

「喂，梅菲！你不是說你能對付牠們的嗎？怎麼會……」

「偵……偵探先生……呼……我說的是魔力充足的前提下……唉呀……我似乎……

哈哈……忘記說了，在我們分開的時候……因為一些原因……哈……哈……我消耗了……不少魔力……咳咳。」梅菲喘著氣說道。「我們惡魔……跟人類不同……哈……哈……冒險者若是……耗盡魔力……不過就是……暫時變回一般人……呼……但惡魔要是……用盡魔力……會對身體產生……嚴重的傷害……咳咳咳！」

梅菲說著說著，咳出了綠色的血液。

夏駱可用手撐住梅菲，讓他慢慢地躺下去。

「梅菲，你先好好休息吧。仔細想想，最近我似乎有點太依賴你了。」

夏駱可站起身，扭了扭脖子、甩了甩手後，抽出他那一塵未染的寶劍。

「歷經了大大小小的案子，現在的我已經不是當年那個卡在LV.3的低等轉生者了。如今我可是堂堂LV.50的劍士！就拿這兩隻小狗狗來試試我的刀法吧！」

說完，夏駱可舉起他的劍，向其中一隻地獄犬砍去。

地獄犬有著堅硬的外皮，普通的斬擊自然是無法奏效。夏駱可的劍像打鐵一樣，噹——的一聲敲在地獄犬身上，反作用力使得寶劍彈了回來，差點從夏駱可手中脫落。

「唉呦，手麻掉了……算了，只有菜鳥劍士才會真的拿劍近戰。」

眼看物理攻擊起不了作用，夏駱可轉為發動魔法攻勢。

他向後一跳，拉開距離，並高舉寶劍，快速地在空中畫出8字形的圖案。刀刃切開空氣發出咻——咻——咻——的聲音，不一會兒，咻咻聲變成了滋——滋——滋——的雜音。夏駱可頭頂上劍刃舞動的軌跡中，出現了紫色的電流。

「我自己看著祕笈偷偷修練了三個月，現在正是拿出成果的時候。看招吧小狗狗！這可是雷屬性法術中最高難度的攻擊法術——『紫電落雷LV.35』！」

夏駱可頭頂的紫色8字形雷電中，發出兩道光，射向天空，整個天空頓時變成了亮紫色。一條黑龍般的烏雲隨即從天空的中心蔓延開來，盤旋在我們頭頂，幾乎遮住了整個天空。烏雲裡流動著紫色的閃電，滋——滋——的電流聲震耳欲聾。

「接——招——吧！」

夏駱可揮下高舉的寶劍，從烏雲中竄出兩道紫色的閃電，蜿蜒扭曲地朝地面落下。閃電迅速、強力地衝向地獄守墓犬兄弟……的反方向，也就是我們這邊！

等我反應過來時，兩道閃電已經降到距離鬍碴頭頂不到十公分的位置了，眼看就要朝他劈下去。

鬍碴伸出手，啪——的一聲拍掉了兩道閃電。

「偵探……先生……哈……紫電落雷……之所以難度高……不是因為難學……是因為……難以……瞄準目標啊……咳咳！」梅菲用最後的力氣，擠出了這麼一段話。

「真是的！差點把我給殺了！」鬍碴雖然這麼說，但他看起來毫髮無傷。他甩了甩手後說：「大師啊，你就專心推理案子，戰鬥的事情，交給我就可以了。」

「可是鬍碴！」我說：「我記得你才LV.20啊？你不可能會什麼了不起的法術對吧？你打不贏的！」

「老大啊，這你就不懂了。這個世界的人總是太看重等級了，瞧不起等級比自己低的人，不屑與升等慢的人為伍。但等級的差距並不代表實力的差距，就讓我示範給你看吧！老大！」

鬍碴蹲起馬步，將雙手交叉胸前，攤開手掌，伸直十指。

「老大，看清楚了，這是操屬性法術的基礎『念動LV.20』。」

鬍碴的十只戒指飛離他的手指，像飛蟲一般在空中以不規則的軌跡亂竄。這是用「念動」控制的效果！

「念動」是可以控制視線範圍內的無機物的操屬性法術，不過比起「操流術」這種專門控制某種物體的法術，「念動」的操控精密程度就差了許多，而且只有LV.20的念動，沒辦法操控質量太大的物體。

但鬍碴選擇操控自己的戒指，真是明智的選擇！因為戒指不僅體積小、重量輕，而且越是自己熟悉的物品，對其使用「念動」的效果就會越好。用念動操控隨時戴在手上的戒指，即使只有LV.20，一樣能像操控自己手腳一般控制自如。

鬍碴的十只戒指像煩人的蚊蟲，在地獄守墓犬兄弟身邊挑釁似的飛過來繞過去。守墓犬們張嘴想要咬碎它，戒指卻總在利牙就快碰到的前一瞬間從嘴邊溜走。守墓犬們像被戲弄一般不停跳躍、繞圈，或許是因為疲倦，原本動作敏捷的牠們漸漸慢了下來。

不過，牠們並沒有就這樣被打敗。

牠們似乎發現了操縱戒指的人就是鬍碴，開始無視在身旁飛來飛去的戒指。兩隻守墓犬一左一右朝鬍碴撲了過來，張開血盆大口，露出滿口有如九齒釘耙般銳利的長牙。

眼看長牙就要觸及鬍碴的皮膚，下一秒就能將他齧咬撕爛。

有什麼東西阻止了兩隻守墓犬，使牠們停了下來。

是牠們的尾巴！

牠們兩個的尾巴不知何時，居然綁在一起，纏在一旁的樹上。

仔細一看，尾巴上還套了幾個戒指。

原來鬍碴早就趁牠們的注意力集中在其中幾個戒指上時，偷偷用其他的四、五個戒指套住了牠們的尾巴，讓兩條尾巴死死地綁在一旁的樹幹上。

「真是好險、好險喔！」鬍碴假裝抹去額上的汗，但我看得一清二楚，他其實一滴汗也沒流。

「好了……趁牠們動彈不得的時候……」

鬍碴撿起地上幾塊尖銳的小碎石，往空中一丟。

碎石落下時，鬍碴操控戒指接住石塊，石塊就這麼套進戒指中。

「這樣就能精準地用念動控制這些石頭了。」鬍碴說：「老大啊，你說牠們有堅硬的皮膚，那牠們的眼睛，總不可能也那麼堅硬吧？」

套著尖銳石塊的戒指，像高手射出的飛刀，筆直、準確、快速地往守墓犬們的眼睛飛去。

「就這樣，先讓牠們失去視力，我們再趕緊落跑……」

沒想到，在石塊砸中守墓犬眼珠的前一刻，守墓犬們閉上了雙眼。石塊擊中牠們的眼皮，被粉碎彈開，而守墓犬的眼睛，除了更添幾分凶氣之外，毫無其他改變。

「不是吧！反應也太快了！」

守墓犬激烈地扭動身體，尾巴卻越纏越緊，然而牠們絲毫沒有放棄，更加用力地掙扎著。

最後，牠們扯斷了自己的尾巴。

「喂喂喂？牠們不會痛嗎？簡直不像生物啊！」

「鬍碴，你確定你還能對付牠們？」

「我本來不想用那招的。」

「你還有什麼法術嗎？快點用出來吧！秀出來讓我看看！」

「呦！老大你想看啊？那我只好使出我隱藏的大絕招了——用火屬性法術，『爆破LV.20』來收尾吧！」

鬍碴在開什麼玩笑？LV.20？爆破至少要練到LV.400，才能有一顆黑火藥炸彈的威力，是個投資報酬率極低，沒什麼人使用的冷門法術。更何況只有LV.20，恐怕連隻老鼠都炸不死，遑論眼前這兩隻有著金剛不壞之身的怪物。

「老大，你一定在想LV.20的爆破有什麼用吧。」鬍碴維持雙手交叉的姿勢，彎起手指，能感受到他逐漸凝聚起火屬性的魔力。

「既然牠們的皮膚那麼堅硬，反應又快，攻擊眼珠也不是辦法，那麼只好從內側攻擊了！」

內側……

「來了！」鬍碴大吼一聲。

守墓犬扯斷尾巴後，張開血盆大口撲向我們。這時，鬍碴操控的戒指卻像自投羅網一樣，全數飛進牠們嘴裡。

守墓犬們吞下戒指後，鬍碴將雙手握成拳頭，同一瞬間，吃下戒指的守墓犬停下了所有動作。

牠們從空中摔了下來，倒臥地上，嘴裡吐出黑煙。

「就算只有甩炮般的威力，從體內引爆的話，也足夠對臟器造成嚴重的傷害……這樣就搞定啦！」

「翳碴……你——」

正當我打算開口時，一道影子從不遠處的樹上跳了下來，以閃電般的速度朝我飛撲過來。

是守墓犬！還有一隻！

「老大！小心！糟糕……戒指用完了！」

眼看守墓犬就要撲到我身上，十秒鐘後，我大概就會化為一坨肉泥跟碎骨。

沒想到，守墓犬在撲到我身上的前一刻停了下來。

從我的耳邊，咻——的一聲，一個反射微微銀色光芒的東西飛過，就這麼筆直地飛進守墓犬的嘴裡。

守墓犬的咽喉被擊中，牠低鳴了一聲後，在我的腳邊倒下。

守墓犬痛苦地掙扎著想站起，翳碴見到牠還能動，便打了一個響指。

守墓犬吐出陣陣黑煙，躺在地上一動也不動了。

「老大！你怎麼沒跟我們說，地獄守墓犬兄弟是三兄弟啊！真是的……雖然有點可惜，但老大沒事就——喂！老大！你幹麼？」

我衝向鬍碴，抓起他的衣領。

「還問我幹麼？你就是殺死老爸的凶手吧！你為什麼要做出這種事？老爸他哪裡對不起你嗎？」

「你說啥啊！老大！」

「你少裝蒜了！蒙斯塔摩都跟我說了……」

3

在擊敗食人妖，逮到蒙斯塔摩後，我們向蒙斯塔摩詢問四年前打敗他的那位冒險者的情報。

「少裝了，不就是他知道我要逃走了，才派你們來的嗎？」蒙斯塔摩這樣回答。

「這是什麼意思？」我說：「我們根本不認識他啊。」

「奇怪？那傢伙應該是你朋友吧。」

「說明清楚，不然你準備跟你的食人妖一樣，臉跟屁股永遠只能面向同一邊。」

在梅菲的威脅下，蒙斯塔摩把四年前的事發經過，詳細說明了一遍。

「那天我想趁著大市集，找個看起來手頭寬裕的傢伙要點零花錢，結果發現有個凱子，買了兩個要價一金幣的戒指。依我看，那戒指絕對不值五十銅板，用兩金幣買了兩個的傢伙，身上閒錢肯定特別多，他身邊還帶了一個朋友，看起來也是挺有錢的，或許是公務員的小孩。於是我一路跟蹤那兩個傢伙……你應該不會聽不出來，那兩個傢伙是誰吧？」

是我跟鬍碴！原來我們兩個那天一直被跟蹤著。

「你跟你朋友進入森林邊緣的時候，我召喚出食人妖準備從後面偷襲，因為你們看起來不強，所以我只召喚了幾隻LV.20的食人妖。

「誰知道，當我下令食人妖進攻時，我的食人妖居然不聽命令，愣在原地全身發抖，我還是第一次遇到這種狀況。正當我想，是要加強命令的力道呢？還是重新召喚一批更高等的食人妖？你朋友突然轉身，朝我這邊瞪了一眼。

「他似乎是發現我了，我趕緊收回食人妖們，自己則躲在一棵大樹後面。接著，我看見你朋友衝出了森林，我心裡有一種不祥的預感，覺得繼續拿這個人當目標似乎有點不妙。

「於是我又回到大市集，找到了新目標，是一個穿著跟舉止都十分高雅的女孩，而且身上感覺不出魔力的流動，是個一般人。嘿嘿……這種女孩通常是哪裡的千金，只要拔幾撮頭髮寄到她家裡，家人就會十萬火急地雙手奉上所有家產，這可是天底下最划算的生意。就算她家裡的人不給錢，只要把她賣到——」

「唉呀！我們可沒問你這些，再說多餘的廢話，就把你的頭跟那邊地上的四顆食人妖腦袋，一起拿到黑市的肉鋪去賣。我認識幾個惡魔，他們最喜歡吃腦子了，尤其是像你這種，淨裝一些齷齪思想的腦子最好吃了。」

「是！小的我馬上說重點。總之，當我要對那女孩出手的時候，那傢伙就出現了。我記得他當時是這麼說的：『總覺得在森林裡就聽到奇怪的聲音，所以循著聲音回來看看。果然跟我想的一樣！那是用法術束縛魔物的時候，魔物啜泣的聲音。你聽不到吧？像你這種自私的人類當然聽不到。』

「那時我想，這人肯定不簡單，但進入戰鬥狀態，一看戰鬥視窗，嘿！這小子才不過LV.20？就一時輕敵了，只召喚了幾隻LV.40的盔甲食人妖，完全沒打算動用到那五隻『超級食人妖四天王』。

「總之呢，戰鬥開始沒多久，食人妖們就接連倒地，我都沒看清楚是怎麼回事。但因為我是食人妖的操縱者，能感受到牠們的身體狀況，食人妖們雖然表面上毫髮無傷，身體裡的內臟卻被炸得稀巴爛。

「我被眼前的景象嚇得目瞪口呆，跪坐在地，張大了嘴巴。忽然間，什麼東西飛進我的嘴裡，穿過食道進入我的體內。

「他對我說：『那些食人妖，被控制了就永遠無法恢復自由，為了結束牠們的痛苦只好殺掉。但你不一樣，我沒必要多殺一個人。我已經通知騎士團了，如果我明天有看到你被捕的新聞，後天你就可以把剛剛吞下去的東西排出來。但是，如果你在騎士團趕到前逃走，我隨時都可以引爆在你體內的那東西。清楚了嗎？』

「因為害怕體內的炸彈爆炸，我拚了命地用手指往喉嚨裡挖，吐了滿地，卻不見有什麼嘔吐物以外的東西。那個人一邊摩擦著他的戒指，發出了嘰——嘰——的尖銳聲音，一邊悠悠哉哉地慢步離開。我只能呆坐在地，等騎士團來。

「後來，騎士團問我那人長什麼樣子，不知為何，我完全想不起來，一點印象也沒有。但是你……我記得你，也記得他那天跟你走在一起。」

「你確定……」因為不敢相信，所以我再次確認道：「是那天跟我走在一起的人？是那個拿了兩金幣買兩個戒指的人？」

「非常確定！錯不了！雖然忘記長相，但絕對是他沒錯，能讓我的食人妖瑟瑟發抖，整個帝國恐怕找不出第二個。」

「唉呀！其實我也可以呦！」

梅菲這麼一插嘴，令我想起了夏駱可跟翳碴的對話：

「你……到底是什麼人？」

「我以前就認識梅菲，從他還是LV.500的時候就認識了。」

鬍碴他……到底是什麼人？

「梅菲，其實……我剛剛回去找鬍碴的時候，聽到了夏駱可說的話。」我鼓起勇氣，決定向梅菲問個清楚。「你跟鬍碴以前就認識了……」

「唉呀！果然還是瞞不過偵探先生。畢竟那個笨蛋，到事務所沒多久，就說出我的本名，當然會被偵探先生發現吧。」

「所以，你們是老朋友？」

「算是吧，我想我應該比萊昂先生還早認識他。」

「那你覺得……蒙斯塔摩剛剛說的是真的嗎？我剛認識鬍碴的時候，他不過才LV.5，我沒記錯的話，他現在是LV.20，蒙斯塔摩剛剛也說了，四年前他也是LV.20。鬍碴他，有可能會用這種法術嗎？」

「窩不知道。」梅菲怪腔怪調地回答我。

「連你也不知道？」

「我雖然認識他，而且曾有一段時間我們相當要好，但這不代表我了解他的一切。我不知道，也沒必要知道。我們並不是因為對方會什麼稀奇的法術才成為朋友的，而是因為……唉呀！再講下去就會透露我的過去了！不好，我必須要保持神祕才行！」

什麼保持神祕，真是的。

不過他說得沒錯，雖然身為朋友，但直到今天我才發現，我對翳碴的認識沒有自己想像的多。

我甚至連他的名字都想不起來。

「如果翳碴真的像蒙斯塔摩說的一樣，能從體內破壞內臟，那從身體內把老爸的心臟炸成一個洞……不！怎麼可能？翳碴才不會做那種事！」我低下頭碎唸道。

對！以我對他的認識，翳碴不可能會做這種事。

以我對他的認識……

我真的認識他嗎？

「就……就算翳碴能破壞老爸的心臟，但書房他是進不去的，除非他剛好也會什麼間屬性的空間法術——」

「這我倒是知道！那傢伙並不會間屬性法術，這是他從以前就最不擅長的法術類型。無論是空間類還是時間類，他都一竅不通，所以我想，他不大可能學會能進入密室的間屬性法術。」

聽到這裡，我鬆了一口氣。

「果然，不可能是翳碴……畢竟進入密室，肯定是需要空間法術的……」

「沒錯，除非有不使用空間法術，就可以『製造』密室的方法。」

梅菲開始在我身旁繞起圈子。

他的語氣聽起來，好像想要暗示我什麼。

他說「製造」密室。

「製造」，而不是「進入」。

這時，我再次想起夏駱可的眼鏡。

「夏駱可的眼鏡掉在地上的時候，翳碴不費吹灰之力，就將眼鏡給修好。那是不是代表，書房的門也一樣，能被他輕鬆修復。」我說：「這麼一來，翳碴只要破門而入，殺了老爸，離開時再將房門修復，密室就完成了。」

「這麼說……你覺得那個翳碴，就是殺了你老爸的凶手？」小李睜大眼睛望著我。

「恐怕……有這個可能……我想起來了！他在市集買下戒指前，曾去了廁所長達三十分鐘，這時間都足夠他跑去仲介所再趕回來了。」

這麼說來，他去找蒙斯塔摩的時候，也是說要回市集拉屎。這個沒創意的傢伙，老是用上廁所當藉口。錯不了！就是那時候！那天，其實他根本沒上過半次廁所，一次是去阻止蒙斯塔摩，另一次……就是去仲介所殺害老爸！

4

「你就是殺死老爸的凶手吧！你為什麼要做出這種事？老爸他哪裡對不起你嗎？」

「你說啥啊！老大！」

「你少裝蒜了！蒙斯塔摩都跟我說了……」

「蒙斯塔摩是誰？他到底說了什麼讓你以為我是殺人凶手？這太離譜了老大！再說我為什麼要殺你爸？我沒有動機啊！」

「誰管你的理由是什麼，我才不想理解殺人犯的心理呢！」

「萊昂！這是怎麼回事？你先冷靜點啊！」夏駱可在一旁喊道。

但我不想理他，我將鬍碴狠狠地摔在地上，掄起拳頭往鬍碴臉上砸。

這傢伙，當初老爸過世時，還假好心幫我打掃房子，幫我整理老爸的遺物。我看他根本是想湮滅證據。

畢業之後來仲介所應徵，美其名是來幫忙，其實是怕我發現真相，想監視我的一舉一動吧！

這次會跟我打賭，還願意賠上自己一年份的薪水，肯定是他在雕像上留下了什麼證據。他就是想透過這次打賭，拿到那個雕像並銷毀她，讓這件事死無對證。

而且，如果全國唯一的偵探也查不出個所以然，我肯定會完全放棄追查老爸的死。這傢伙的算盤是這麼打的吧？

可惜他錯了，他如果不這麼做，我早就把老爸的事忘得乾乾淨淨。他自作聰明，反而讓事實真相浮出水面。

現在，我不會再相信他了。

鬍碴將我推開，站了起來，我也馬上起身。他試圖向後退拉開距離，但我助跑向前，用盡全身的力氣向前跳躍，同時揮出一記直拳。我低下頭，盡我所能地將手伸得越長越好。

很好！拳頭傳來了擊中臉部的觸感！

這一拳狠狠打在鬍碴臉上了！我還聽見了他倒地的聲音！

但我抬起頭來，卻發現鬍碴竟然好好地站在那裡。

「唉呦，痛痛痛……我不是說了冷靜點嗎？」

夏駱可倒臥在地上，痛苦地呻吟著。

「偵探先生！唉呀你也衝太快了，我都來不及施展防護罩。」

梅菲把嘴角的血擦乾淨，從地上爬了起來，跑到夏駱可身旁。

「不用了！梅菲，這一拳我還頂得住。」

夏駱可坐起身，揉了揉被擊中的臉頰。

「萊昂，冷靜下來了嗎？」他坐在地上，抬起頭。月光的照射下，我看見他嘴角流出鮮血。

這一幕著實讓我冷靜了下來。我鬆開拳頭，望向鬍碴，他仍是一臉困惑。

「嗚嗚嗚，連尾巴都斷了。」

一旁的小李，撿起地獄守墓犬三兄弟的屍體。

地獄守墓犬凶猛的外表開始扭曲、抖動，並出現顆粒狀的雜訊。數秒後，守墓犬的外表消失了，露出的是圓筒狀的身體，密密麻麻的機械結構，跟一雙三根指頭的怪手。

「嗚嗚嗚……壞得一塌糊塗。沒辦法，為了委託人，只好讓你們犧牲一下了。不過不用擔心！大豆、大米、大麥，媽咪一定會修好你們的。萊昂，等你的事情處理好之後，記得給我修理的材料費……咦，奇怪？你們怎麼都不說話？老闆你幹麼坐在地上？地上很髒喔。」

「這樣啊，剛剛的守墓犬，是小李的機械狗。」夏駱可察覺到了，「是梅菲用了『虛偽表象』，讓牠們看起來像魔物對吧。至於堅硬到能將劍彈回來的皮膚，則是因為在外層包覆了防護罩。」

「唉呀！真是什麼都瞞不過偵探先生呢。」

梅菲將夏駱可扶起，並將我們從蒙斯塔摩口中得知的事告訴他。

「所以說，因為鬍碴會用從身體內部破壞內臟的法術，以及能修復門的法術，再加上他那天剛好在初心村，又消失了三十分鐘，所以讓你們懷疑他是兇手，沒錯吧？」夏駱可說。

「難道你想說，這一切都只是巧合嗎，夏駱可？」我說。

「冤枉啊！老大！我那時候真的是去大便啊！」

「我知道了！」夏駱可突然大吼一聲，食指用力地指向惡魔助手，「兇手就是你！梅菲！」

「唉呀……事蹟敗露了！」

「咦？兇手不是鬍碴嗎？怎麼又變成梅菲？」小李一臉懷疑地問道。

「梅菲！你就是……誘導萊昂懷疑鬍碴是兇手的兇手！對吧！」

「呿！原來是那種兇手啊，老闆你不要嚇人好嗎。」

「萊昂！」夏駱可說：「你認為鬍碴是在你們逛市集的過程中，藉故離開，趁機回到仲介所殺人，對吧？」

「沒錯！」

「他回來跟你會合之後，你們就馬上回家了嗎？」

「嗯……我們還稍微逛了一下。」

「那少說有個十分鐘吧，還要加上翡碴從仲介所回到市集，以及你們一起走回仲介所的時間。這麼算起來，等你發現屍體，血液應該早就乾了。」

「這……」

「還有，你說翡碴用修復物品的法術，把書房的門修好來製造密室，那他為什麼要留下被破壞的大門呢？為什麼不把大門也修好，做成雙重密室？」

「為什麼……可能他魔力剛好用完了也說不定！」

「那他為什麼要破壞雕像呢？」

「只是為了故弄玄虛吧？」

「好吧，假設是這樣，但小李的機械犬，跟那個蒙什麼摩的食人妖，他們的死狀又是怎樣？」

「就像剛才說的，內部受到破壞，但外部看起來完好如初，跟老爸——」

「不一樣吧？」夏駱可打斷了我的話，「他們身上，可沒有一個大洞喔。」

夏駱可這麼一說我才想起來，他們的確都沒有老爸身上那種，大到可以塞入一個拳頭的洞。

我一直想著，老爸是被從內部破壞的攻擊殺死的，卻忘了不是「身體內部」，而是

「衣服內部」。

鬍碴剛剛也說了，他的招式是以極小的破壞力，破壞脆弱的內部，那麼自然不會有炸出一個洞的威力。

我剛剛到底做了什麼！

這時，我突然想起夏駱可在仲介所說過的話……

「……有時候憤怒會蒙蔽人的雙眼喔……」

我被自己的怒氣搞得失去判斷力了嗎？

5

我靜靜地坐在地上，一句話也說不出。

鬍碴則站起身，同樣不發一語。

「梅菲！」夏駱可怒視著梅菲，「你給我解釋清楚喔！一定是你故意說了什麼，讓萊昂懷疑鬍碴吧！」

「啊哈哈哈……哈哈哈……開個小玩笑嘛，偵探先生別生氣，生氣腦袋會變笨，會推理不出案子喔……哈哈……」梅菲一邊苦笑，一邊擦掉額頭上冒出的冷汗。

他說得對，生氣真的會讓腦袋變笨。

「唉呀！不愧是偵探先生，什麼都瞞不過你呢。不過我會開這個玩笑，是因為信任我的朋友們，可不只是因為我自己覺得這麼發展比較有趣喔！」梅菲站了起來，用眼神掃了一下夏駱可跟鬍碴後，面向我說道：「我相信那個笨蛋雖然笨，但如果朋友遇到危險，他肯定會拿出真本事應戰。還有，我也相信偵探先生肯定已經推理出事情的真相，不會讓那個笨蛋真的去蹲冤獄的……只是我沒想到萊昂先生會那麼激動，居然直接動起手來了。」

「我說你啊……唉——」夏駱可嘆了一口氣，「盡愛節外生枝。為了處罰你，從今天開始，作為員工福利的血布丁點心暫停供應一個月！」

「不會吧，偵探先生！那可是讓我在沒有奇案的無聊日子，還能認真工作的唯一動力啊。」

「誰管你，我要去挖萊昂父親的墳墓了。我們走吧，萊昂，不要理那個胡搞瞎搞的紫毛茭白筍。」

對了！夏駱可一說我才想起來，我們會到墓園來，就是因為夏駱可說他想看老爸的屍體。

「夏駱可……你說你想通了什麼，所以鬍碴他真的不是凶手？你已經查出真正的凶手了？」

「這些事等我看完骨頭，再一起說明吧。」

於是我們到了老爸的墳前，其實早就近在咫尺了，只是為了演剛才的那齣戲，我們才停下腳步。

「這裡就是你父親的墓了吧。」夏駱可在墓碑前跪下，低下頭，雙手合十地膜拜了一會兒。

「萊昂的爸爸啊，皮耶爾．約翰．貝爾納先生，接下來我必須挖開您的墳墓，還請原諒。」

說完，夏駱可擲出兩枚銅板，銅板一正一反地落到地上。

「聖筊！應該沒問題了，開工吧！」

等夏駱可看完骨頭，他就會說明事件的一切真相。

怎麼辦？現在要先想好怎麼跟翳碴道歉嗎？

鄭重地鞠躬，說：「非常抱歉！是我太衝動了！請原諒我！」

還是開玩笑地說：「嘿嘿對不起啦！是我搞錯了！」

可是，也不能確定翳碴一定是無辜的，還得先聽聽夏駱可怎麼解釋。

算了，別想那麼多了！

總之，先幫夏駱可把老爸挖出來再說。

「那個……」正當我拚命抑制自己胡思亂想的時候，夏駱可突然停下了手邊的動作。「誰……有帶鏟子？」

「我沒有帶。」

「我也沒有。」

「唉呀！我也忘了！」

小李、鬍碴跟梅菲都沒有帶，當然，我身上也不可能會有。

夏駱可身後明明就背著一個大背包，那裡面裝的，難道不是挖掘工具嗎？

「那誰會用土屬性法術，或操縱土壤的操屬性法術？」

「……」

「……」

「……」

「啊！真是的！好吧，我就用手挖吧！」

「唉呀！偵探先生，用不著這麼麻煩。」梅菲說完，吹了個口哨。

口哨聲響徹了整個墓園，四處迴盪。

嗷嗚——

彷彿在回應梅菲的口哨，熟悉的狼嚎再次響起。

「喂，萊昂！你出發前說的那個地獄守墓犬兄弟什麼的，是你們為了剛才那齣爛戲編出來的吧……該不會真有那麼一回事吧？」

「那是我根據初心村一百多年前流傳的民間傳說，誇大杜撰而成的。曾經是有這麼流傳過，但已經超過一百年沒有人真正見到，所以我想應該不是真的……」

「唉呀！當然是真的嘍！」

只見八、九條黑影，從四面八方飛奔而來。

「而且牠們不是什麼三兄弟，你們什麼時候見過大型犬一次生那麼少的？」

在月光照射下，九條黑影現出牠們的真身。

九隻像馬匹一般巨大的獵犬圍繞著我們，牠們蹲坐在我們周圍，吐著舌頭喘氣。牠們有黑色金色相間的美麗皮毛、潔白的尖牙、乾淨的爪子、一雙像高貴披風的蝙蝠翅膀，眼神中透露出忠誠與和善。

「牠們是地獄守墓犬九兄弟，是我很久以前養在這裡的。」

沒想到初心村曾經的惡犬傳說，主角居然是梅菲的寵物？

「想當初，我撿到牠們的時候，還是吉娃娃的大小呢。好久不見，一下子就長這麼大，連翅膀都長出來了！」

那已經不是長大可以形容的，完全是突變了吧？

「我看看……上吧！老八，就決定是你了！」梅菲點了守墓犬裡頭的一隻。「就由你來幫偵探先生挖吧。」

於是，被點到的守墓犬，用牠的前腳在老爸墳前挖呀挖的，不到幾分鐘的工夫，已經可以看見棺材板了。

「哇！太厲害了！」夏駱可驚呼道。

「那……偵探先生……我的血布丁……」

「好啦！處罰縮短到兩個星期。」

說完，夏駱可興奮地跳進守墓犬挖出的洞。他拔出劍，插入棺蓋的縫隙，用力撬起棺蓋。

裡頭是已經化為白骨的老爸。

除了胸前的肋骨斷得零零落落，大致上還算完整。

夏駱可看了看老爸的頭骨，用手掰開老爸的嘴巴。

「一、二、三、四、五、六……」他似乎在數什麼東西？

「沒錯，跟我想的一樣！」

說完，夏駱可縱身一躍，跳了上來。

「好了！現在我就來說明整件案子的事發經過吧。」

「那個……老闆啊……」小李面有難色地問道：「那個棺材……不先蓋回去嗎？」

「不，先不用。」夏駱可說：「如果現在蓋回去，等會兒又要再開一次。」

說完，夏駱可從背包裡取出一張帆布，將洞口蓋住。

「暫時先這樣吧，接下來就是重頭戲啦！」

第七章

活屍再死

1

「先說結論，凶手並不是鬍碴。」在墓園裡，夏駱可開始了他的推理。

「那凶手到底是誰？為什麼老爸胸口會被開一個大洞？老爸的心臟如果不是被鬍碴炸爛，那是到哪去了？」我激動地問道。

夏駱可看起來非常有自信，我想接下來，他應該會頭頭是道地用極具說服力的說法，解釋老爸胸口的洞到底是怎麼回事，心臟又是怎麼消失的。

「你父親的心臟……被吃掉了。」

「蛤？吃掉？」

難不成凶手是食人族，為了吃心臟殺了老爸？

這也太扯了吧？

「其實這個案件，很難把殺人的罪孽歸咎於一個人身上。硬要說的話，最關鍵的殺人犯，也就是破壞心臟的凶手……是克魯魯熊！」

熊？他在開玩笑嗎？熊怎麼可能跑進上鎖的房間裡？

「這不可能！仲介所周邊設置了驅趕野獸與魔物用的結界，就算克魯魯熊是強大的魔物，應該也沒那麼容易靠近。再說，熊要怎麼進入密室又不留下痕跡？」

「如果牠是在結界架設前，甚至是書房蓋好前，就殺了你父親呢？」

「什麼意思？無論是書房還是那個結界，早在老爸還在世的時候就建好了！」

「不……其實你父親，已經死了二十二年，殺死他的，就是仲介所那張有漩渦圖案的地毯——就是那頭克魯魯熊。」

夏駱可在說什麼傻話？

言下之意，跟我生活了那麼久的老爸……

難道是鬼魂？殭屍？還是別人假扮的？

「我可沒有說你父親是鬼怪之類的東西喔！讓我解釋得更清楚一點吧。」夏駱可彷彿看穿了我的想法，如此說道。「根據我從米格蘭大姊那兒得到的消息，你父親在初心村建造仲介所時，也帶著你的母親一起，他們應該是在仲介所建到一半的時候，遇到了克魯魯熊。

「你的母親是等級相當高的冒險者，再加上還有你父親在，雖然克魯魯熊是難纏的魔物，最終還是被他們擊敗，所以才會有仲介所的那張地毯。但我猜想，在這過程中發生了一些不幸的事。

「你說過，你父親在當冒險者時，只鍛鍊威力強大的必殺技對吧。我推測，當時應該是由你的母親負責牽制並削弱克魯魯熊，而你父親則用他拿手的必殺技，給克魯魯熊致命的一擊。

「然而，梅菲也說過，克魯魯熊具有高智商，喜歡吃內臟，且會針對弱點攻擊。想當然耳，牠會攻擊人類最致命的臟器——心臟。

「於是，克魯魯熊趁你父親攻擊時，用觸手貫穿了你父親的身體，並吞食了他的心臟，但同時也被你父親以必殺技殺死，這就是我的假設。」

聽到夏駱可的推理，我感到不可置信。「那照你這麼說，我所見到的老爸又是怎麼一回事？難道他心臟被貫穿卻活了下來？那不就成了活屍？」

「基本上，就是那麼回事……

「你的母親，看到你父親胸口被貫穿，馬上使用『魔力細胞』為他堵住傷口，你父親才得以存活下來。」

「等等！你之前不是說，『魔力細胞』離開施術者一定範圍後，就會解除嗎？」

「沒錯，這就是為什麼你父親從不走出那片森林。我猜想『魔力細胞』能維持的範圍，大概正好到森林邊緣為止。」

「等一下！這麼說來，施術者——也就是我媽媽——她一直待在森林裡嗎？那麼她在哪裡？能讓我見見她嗎？她連老爸死了都沒有出現——」

「你先看看這個吧。」夏駱可打斷我的話，從口袋裡拿出一張畫像。「這是我從現任的酒館老闆娘那裡拿到的，是米格蘭大姊離開時忘在酒館裡的東西。小心點別弄破，我答應米格蘭大姊要還給她。」

上面畫的是老爸，和一個女人相擁的畫面。

「這個女的……就是我媽媽？」

「沒錯！你再仔細看看，有沒有覺得這個女人看起來很面熟？」

我仔細端詳她的五官，好像在哪裡看過，但想不起來。

這不可能啊？我擁有「畫面記憶」的天賦，應該不會忘記看過的長相。

「想不出來嗎？這也難怪，我現在就來幫你恢復記憶吧！」

夏駱可從他背上的大背包裡，拿出什麼東西來。

是那個雕像！我記得我把她暫放在夏駱可的事務所裡，原來被他帶出來了。

他用手指甲摳下雕像臉上的金箔。

金箔從雕像臉上一片片地剝落，金箔下的那張臉，居然跟畫像上一模一樣！

「這就是你的母親，芭特琳諾．貝爾納女士。」

「所以……老爸一直在仲介所，放著媽媽的雕像嗎？」

「不！這不是你母親的雕像……這就是你母親。」

「什……什麼意思？」

「要解釋這件事，我必須先說明一下『魔力細胞』這個法術。

「一般來說，療屬性魔法要治療人體，比修復物品更困難。要將構造簡單的物品在短時間內修好，雖說有一定的難度，但勤加訓練還是可以輕易辦到。不過，當修復的對象是人體時，那就是一件難如登天的事。

「最基礎的『治療術』，就算練到滿等的LV.100，依照傷勢不同，治療時間也需要數十分鐘至數小時不等。一個小擦傷大約要十五分鐘，在戰場上可沒有那個時間讓你花十幾分鐘治療擦傷。因此，專精治癒的牧師，或隊伍中負責兼任補師的法師、薩滿，通常會使用『高等治療術』等其他治癒效果更高的法術。

「但想靠『高等治療術』瞬間治癒的話，得練到至少LV.480。就算是像你母親這樣，高達LV.139又擅長療屬性法術的冒險者，也沒辦法做到瞬間止血止痛。就是因為這樣，你的母親才研發出『魔力細胞』。

「『魔力細胞』與『治療術』類型的法術原理不同，並非促使傷口的細胞生長，而是瞬間以魔力構成暫時性的細胞覆蓋住傷口。除了速度快之外，還有一個好處，那便是當傷害發生在例如牙齒、眼珠這類，沒了就不會再長出來的部位時。

「這些地方並不是提高自癒能力，身體就會自行修復的，所以用『高等治療術』也無可奈何，必須用某些達到祕術等級的超稀有法術才能再生。但『魔力細胞』一樣能修復這些部位。

「像你父親的牙齒被打斷後，就是用『魔力細胞』做出新的牙齒。老實說，這已經算不上是治療，更像是直接『裝上魔力做成的義肢』。因此我順便問了納維斯村裡曾經與你母親組隊出任務的一些資深冒險者，他們說戰鬥結束後用『魔力細胞』處理過的傷口，還是要再接受『治療術』讓自己真正的細胞長出來才算痊癒。」

「這些事跟這個雕像又有什麼關係呢？」發覺夏駱可講了半天還是沒有解釋到，我急忙發問。

「我還沒說完呢。因為我剛剛提到的特性，『魔力細胞』這個法術通常拿來修補皮肉，或是構造更簡單的部分，如果要修補被貫穿的身體，其中牽扯到皮膚、骨骼、肌肉、血管、神經，還有最重要的——一整顆心臟——這是相當複雜的大工程，再加上能將魔力轉換成物質的法術一向都是體積越大，所需的等級就越高，上述那些東西加起來的體積可不小，所以縱使等級高達LV.139的你母親，假設最高能使用LV.144的『魔力細胞』，恐怕也不夠吧。

「於是，為了拯救丈夫的性命，她提高魔力輸出，灌注了超越等級限制的魔力在法術中，最後……

「她超載了，因此石化，變成了這個雕像。」

「所以才說雕像就是媽媽！」

想起老爸過去對這尊雕像的細心呵護，當時的我完全不理解對他來說這究竟代表著什麼。

如今我恍然大悟。

對老爸來說，她就是愛人，是家人，是孩子的媽。

「所以……」夏駱可繼續說道：「你在仲介所的時候說，你父親會一天幫雕像洗好幾次澡，替她買珠寶裝飾，還會跟她說話，其實沒什麼好奇怪的。在地球上也有一群人，會把自己的公仔、手辦、模型當成老婆，用心照料它們。我原本以為你父親也是這種人，實際情況是，雕像的確是他老婆沒錯。

「至於為何還在臉上貼金箔，我想是怕有認識的人來到仲介所，認出雕像就是你母親吧。你父親謊稱妻子在森林裡失蹤，是為了替她隱瞞觸犯超載的禁忌，藉此守護她的名聲。

「在這種狀況下，如果仲介所裡出現自己老婆的雕像，或許可以解釋為緬懷老婆的行為，但應該還是會有不少人覺得奇怪，好奇這跟本人如出一轍的雕像，是出自哪個雕刻大師的傑作。你父親應該是為了避免被問東問西，進而露出破綻，才將雕像的面容用金箔遮蓋。

「人臉在石化後失去了膚色、髮色跟瞳色，辨認上已經有一點困難了，如果再利用金箔，刻意模糊五官的輪廓，改變鼻子和嘴巴的形狀，就算是生前認識你母親的人，看到雕像後頂多覺得有點像罷了。果真，這麼多年過去，大家都以為那只是一尊普通的女神像，沒有人發現這件事……除了我以外啦。」

「那老爸為什麼不把她藏在房間裡就好？」我問。

「石化後的冒險者並不是真的死去了，記得嗎？石化的身體被破壞後，靈魂才會真正離開。」夏駱可回答道。「他們還有意識，能看見、能聽見、能感受到，只不過不能動罷了。

「仲介所是他們倆夫妻拚上性命建成的，你父親自然會想讓她看看完成後的成果吧。更重要的是，還有你，你父親不是常常要你待在大廳嗎？就是想讓你母親能多看看你。如果擺在自己房間，不僅看不到仲介所經營的樣子，等你稍微長大了，不再跟爸爸一起玩，一起睡同一間房，你母親也就沒什麼機會看到你了。如果放在你房間……」

夏駱可湊到我耳邊，小聲地說：「那你把春宮畫藏在房間門板祕密夾層的事，也會被看得一清二楚喔，你父親應該是顧慮到你的隱私吧，畢竟都是男人……」

「你……你……你發現了！」我驚訝地大叫了出來。

我以為我藏得很完美，沒想到在仲介所的時候，夏駱可朝我的房門看了一眼就發現了。他要不是觀察力敏銳，就是經驗老道，或者……以上皆是？

「蛤？老闆發現什麼了？」

「沒什麼啦，小李，只是我跟萊昂之間，男人的小祕密。」

「咦？小祕密……原來老闆你有這種興趣啊？」

「奇怪？妳在臉紅什麼？為什麼突然用怪怪的眼神看我跟萊昂？才……才不是妳想的那樣啦！」

「所以說……」為了不讓話題往奇怪的方向偏，我試圖說出我的理解：「老爸的死因，是因為『魔力細胞』法術停止施放，用魔力構成的人工心臟消失，老爸胸前的洞才重新出現？」

「沒錯，還記得你說過的烈火國侵略戰爭嗎？」

「你是說月牙森林大火？」

「隨便啦，總之，大火一直燒到石化的施術者被破壞才停下來。這便是超載的特性，超載前施展的法術效果將一直維持，也是超載必須被列為禁忌、嚴格禁止的原因。如果施術者躲起來施展大規模毀滅性法術，超載後將難以把法術給停下來。」

「也就是說，媽媽因為『魔力細胞』法術超載，變成了雕像，而雕像被擊碎的瞬間，『魔力細胞』就失去效果了？」

「沒錯。你可以看看你父親的頭骨，我剛剛檢查過了，棺材裡並沒有掉落的牙齒，這就代表你父親的牙齒全都還在頭骨上，但是你看……」

我蹲下來，往棺材裡看了看老爸的頭骨，發現老爸少了好幾顆牙。

「我在看到你父親的畫像時，牙齒潔白整齊，一顆不少，但米格蘭大姊卻說，你父親曾被打斷了五、六根牙齒，後來是用『魔力細胞』修補的。如果真的跟我推理的一樣，你父親的心臟也是用『魔力細胞』補上的，那心臟的部分消失，牙齒也會一起消失才對。」夏駱可接著說：「所以當天，其實根本沒有人走進你父親的書房。犯人所做的，僅僅是闖入一樓，打破雕像，然後逃走罷了。

「你父親在書房，應該是聽到大門被破壞的聲音，想下去看看，只不過才走到門邊，雕像就被破壞，『魔力細胞』構成的心臟、骨骼、皮肉，都瞬間消失。於是你父親就這麼在門邊倒下，從十幾年前就被貫穿的洞裡流出大量鮮血。

「這一切，包括後來盧迪斯撿走珠寶跟雕像，都發生在你回到仲介所的幾分鐘前。」

「所以才說，這個案件很難歸咎於一名凶手？」

「沒錯。首先是因為盧迪斯的惡作劇，才使得你父親遇上克魯魯熊。克魯魯熊在你父親的身上穿了個大洞，導致他失去心臟。接著你母親以超載石化作為代價，讓你父親再多活上將近二十年。最後，石化的她遭人擊碎，導致你父親多年前的死亡在你眼前重現。缺了任何一環，都沒辦法變成今天這件看似密室殺人的詭異案件。」

原來如此，這的確比鬍碴沒來由地殺死老爸要合理多了。

「鬍碴……抱歉。」最後，我選擇了最普通的道歉方式。

「不用跟我道歉啦，老大！你也是受到某個愛鬧事的傢伙煽動嘛！再說老大的拳頭，一點都不痛喔！跟小女生的拳頭一樣，軟趴趴的。」

我原本想像以前一樣，對鬍碴大喊「你這臭傢伙！」，但現在的我實在沒那個臉這麼做。

「老大你怎麼了啦！我剛剛說你軟趴趴欸，快跟平常一樣對我大吼大叫啊！真是的！老大不正常了啦！都是這個紫毛茭白筍害的，可惡！」

「唉呀！大家看著我做什麼？」梅菲受到眾人的瞪視，額頭冒出一顆顆豆大的汗珠。

「倒是偵探先生！」梅菲受不了我們的視線，開始顧左右而言他，「剛剛的推理實在太精采啦！不過你還沒有說明，到底是誰跑到仲介所打碎雕像？」

「要了解破壞雕像的凶手，得從犯案動機來思考。」夏駱可說道。「雕像上明明有珠寶凶手卻不撿，反而留到之後才被盧迪斯撿走，這說明凶手的目的不是錢財。那他所做的事情，就只剩下闖入後破壞雕像了，因此我猜，凶手唯一的目的就是破壞雕像。」

「特地跑來，就為了破壞一座雕像？」夏駱可的說明反而引起了我的疑問。

「萊昂，你之前跟我們說過有關雕像的事。你說你父親是怎麼稱呼雕像的？」

「啊！」

我想起來了，老爸總是喜歡稱呼雕像為「我的女神」，或許老爸在媽媽石化前也這麼稱呼她吧。

難道就因為「女神」這個稱呼？

「在瑪基歐魯斯，女神希佩普遍的形象是長髮。」夏駱可說：「而且臉部有著標誌性的刺青圖案。但你母親是短髮，一看就知道不是女神希佩，你父親卻對著她叫『女神』。在女神希佩的狂信者眼中，你父親就是在膜拜異教的神像。」

「而剛好在大約四年前，不就有個經常進出仲介所，對女神希佩信仰虔誠，又喜歡到處破壞異教徒信物的傢伙？」

「是費拉帝．斯摩！」

「沒錯！我猜八成就是他，而且他破壞過許多異教徒的物品，應該知道在地球上有些宗教，會在神像的身上貼金箔。」

「他或許是在仲介所聽到你父親對著雕像喊女神，又看到雕像貼了金箔，於是認定這是異世界的異教神像，便想著要摧毀她。之後，趁著仲介所公休，他破壞大門闖進去，並用怪力打碎了雕像。」

「雖然我是這麼猜的，但我並沒有證據。也有可能是其他希神會成員，或不知哪裡來的宗教狂熱者，得知仲介所有異教的神像後下的手。」

「不，我想應該沒錯。」鬍碴說：「希神會是這一年才組織起來的團體，除了費拉帝之外，大多成員都來自其他村子。四年前，整個村子裡對宗教如此激進的，大概沒有其他人了。」

2

知道了真相後，我在原地呆站了一陣子。

「……但其實你母親一直都在，一直都陪著你……」

原來老爸沒有說謊。

「萊昂！這個就還給你吧。」

夏駱可靠近已經發呆許久的我，打算將雕像，也就是媽媽交到我手中。

「欸老大！等一下，別忘記我們的約定啊！」

「約定？」聽到鬍碴的話，夏駱可遲疑了一下，「你們做了什麼約定？」

「其實……我偷偷跟鬍碴打賭，如果偵探真的能查出真相，我就把這個雕像送給他。可是鬍碴，剛剛夏駱可說的話你應該都聽到了吧？這是我媽……的屍體欸……」

「鬍碴……難道你這傢伙……有戀屍癖？」

「喂！怎麼可能？當然不是！老大！大師！不要用那種看變態的眼神看我啦！可惡，雖然時機還有點早，沒辦法，只好解釋清楚了。那就先到我家裡來吧。老大，我想讓你看個東西。」

於是我們跟著鬍碴，來到初心村北面的山谷。

「到了！這裡就是我家。」鬍碴指著山壁上的一個岩洞這麼說。

「原來你一直住在這種地方嗎？」

「沒辦法嘛，老大，房價太貴了。這也是為什麼我一直不好意思邀請你來。」

我們跟隨鬍碴進入岩洞，鬍碴點燃了掛在岩洞裡的火把。

雖然是個天然的岩洞，但裡頭的家具一應俱全，餐桌上還擺了一個馬克杯，上面畫著豎起大拇指的夏駱可。

「我自己是住得挺習慣啦，大家不用客氣，自己找位子坐吧。」

我們一行人坐下後，鬍碴從他的櫃子裡拿出了一些像是石塊的東西，放到地面上。

「拼成這個程度，可是花了我不少心力喔，老大。」

那些石塊我認得！只是為什麼會在這裡？難道？

「當初我到老大家裡幫忙打掃的時候，你不是叫我全部拿去丟掉嗎？其實我都偷偷留起來了——這些雕像的碎片。」

鬍碴從夏駱可手中接過胸像的部分，接著，他的手中發出綠色的光芒。石塊漸漸往雕像聚集，一段時間後，那個熟悉又陌生的身影，在我面前重新矗立了起來。

「老大當時嘴上說要丟掉，但依我對老大的了解，老大絕對捨不得就這樣丟掉，肯定又在假裝不在乎。所以我把碎片收集起來，想說有一天說不定可以找到遺失的部分，這樣就可以用我的法術把她修好。畢竟以前有一次去老大家玩的時候……」

「我很喜歡這個雕像，因為她是這間仲介所的守護神。她一定默默守護著我最愛的東西——守護著爸爸跟這間仲介所。」

對啊！我說過那樣的話。

「畫面記憶」的天賦並沒有讓我記得真正重要的東西。

我居然忘了，我以前是多喜歡這間仲介所……

多喜歡爸爸……

「看到老伯帶著這東西出現的時候，我原本想說：『太好了！沒想到她真的出現了！如果把她買下來修好，就可以當作老大下星期的生日禮物。』可是我身上的錢一定不夠，所以才會慫恿老大你把她買下來，然後我再想辦法把她弄到手，最後在生日那天給老大一個驚喜。我沒想到這個雕像，居然是那麼沉重的東西……事到如今，就算將她修復，裡頭的靈魂也不會回來了……」

「髫碴……謝……謝……」

奇怪？為什麼我沒辦法把話說完？

為什麼我呼吸的節奏這麼奇怪？

為什麼眼前的景色，變得這麼模糊？

「老大……你在哭嗎？」

原來我在哭。

上一次哭是什麼時候？

「萊昂，身為一個男人，隨便掉眼淚是不行的喔！你爸爸我啊，以前也遇過很糟糕的事，差點就哭出來了。但因為你爸爸我是真男人，不但沒有哭，還把事情都搞定了！所以記得了，想哭的時候，就想辦法轉移注意力吧！看你是要大笑，還是發脾氣。總之，只要難過的感覺停下來了，事情也就解決一半了！」

還記得老爸曾經這麼說過。

但這次我實在是沒辦法了。

我用手揉著眼睛，手上沾滿了淚水。

這些淚水讓我想起了一件事。

我使出全身的力量，試著擠出最後一點魔力。

所幸離使出乂爻新海神怒濤水龍之縛超旋轉超快速超貫穿連續拳改爻乂已經過了一段時間，魔力恢復了一點。

我勉強使出波濤，生出一灘水，並操縱著水。

我讓水慢慢爬上那尊雕像，輕柔地清洗媽媽的身體。

又一次耗盡魔力之後，我抱起媽媽。

「我們回墓園去吧。我想把她跟老爸葬在一起。」

「啊！老闆！你剛才說棺材不用蓋起來，原來是因為這樣啊！」小李說。

「嗯！其實這才是我最主要的目的，就算不看頭骨，我也相信我的推理不會錯。」

回到墓園，我掀開帆布，爬下守墓犬挖出的洞，將媽媽放入老爸的棺材裡。

之後我將棺材蓋回去，並用手將挖出的土填回。

「萊昂先生，我可以叫守墓犬幫你。」

「謝謝你，梅菲，雖然你剛才耍我的事，我還有點生氣。」

「啊？嘿嘿嘿……」梅菲不好意思地苦笑著。

「但是……」我說：「我想要親手來做這件事。」

等我用雙手將坑洞給填平後，已經半夜了。

「回去吧，鬍碴，明早仲介所還得營業呢。」

「等等啊老大，這整件事我越想越不對勁。」鬍碴說：「整起事件最大的兩個罪魁禍首，就是盧迪斯跟費拉帝了。盧迪斯出獄後，雖然看起來好像有在反省，但老大，你能原諒他嗎？」

「事到如今，也沒什麼好不原諒的吧。而且他現在安安分分地在種香草，不用再去找他的麻煩了。」

「不！他種那種香草，就是持續在製造罪孽。」夏駱可捏著鼻子說。

「可是……」鬍碴接著說道：「那個費拉帝，至今依然故我不是嗎？還揍了我們偵探大師一拳欸。至少要把他抓來請一頓粗飽的。」

的確，費拉帝就是害死老爸，還有打亂我人生規劃的罪魁禍首，也是我的怒火真正應該焚燒的對象。

但如今，我卻感受不到心中的怒氣。

是因為哭過了的關係嗎？

「算了吧，我已經不想再動用暴力了。」

「怎麼這樣啊，老大？不出這口氣我心裡就不舒暢，不舒暢晚上就睡不著，晚上睡不著明天上班就會遲到。」

「少來了，你哪次不遲到，跟你前一天睡多久根本一點關係也沒有。不過……」

「我雖然不想動用私刑，但我希望他可以受到法律的制裁。」

「這我倒是有個辦法，可以確認費拉帝到底是不是打碎雕像的凶手，又能給他一點教訓。」夏駱可說道：「不然他說見我一次就要打一次，也是挺麻煩的。」

「你要怎麼做，夏駱可？」

「你想來親眼看看嗎？明天再休息一天吧，況且你今天魔力使用過度了，應該多休息一下。」

「應該沒問題吧？老大！」

「那……好吧。不過得先回去通知顧客，然後貼個臨時休所的公告。」

「好耶——連假！」

「那大家，明天早上早點到我的事務所集合吧！」

3

隔天早上十點鐘，大家在初心村的偵探事務所集合。上班總是遲到十五分鐘起跳的鬍碴，不僅沒有遲到，甚至比我更早就到了。

「各位，還記得昨天費拉帝對我說了什麼嗎？」夏駱可向我們說道：「他說他要在中午前看到我搬離這個事務所。代表他中午前，應該會來這裡一趟，而且以他的個性，很可能會號召希神會的成員來鬧事。」

「所以老闆，你打算怎麼辦？」小李問道。

「嘿嘿！你們就等著看吧！」

夏駱可話剛說完，就傳出敲門的聲音。

難道是費拉帝？

「喂！夏大偵探，我來嘍！」這個聲音，是漢森隊長。

機械犬大豆、大米、大麥，搖搖晃晃地跑去將門打開。沒想到才過一個晚上，就可以再見到牠們活蹦亂跳的樣子。小李的技術還真是厲害。

「呦！大偵探，找我有什麼事嗎？」

「漢森大叔，你怎麼這麼早到？我不是說差不多中午的時候再來就行了嗎？」

「大偵探交代的事，我怎麼敢怠慢？況且今天早上沒什麼事，閒得很。」

「那你就先在這兒等到中午吧。要喝香檳嗎？上次開了一瓶還沒喝完。」

小李端出了香檳，交給漢森隊長。梅菲不知從哪兒掏出了一張椅子，請漢森隊長坐下。椅子上還鑲了可愛的熊貓裝飾。

「對了，你昨天不是在查四年前的案子，最後怎麼樣了？」漢森隊長問。

「那個啊？查是查出結果了……」夏駱可往我這裡瞄了一眼。

等等！如果夏駱可把老爸發生的事說了出去，漢森隊長就會知道媽媽超載的事。按照以往的經驗，漢森隊長知道了，就等於初心村的騎士團整團都知道；初心村的騎士團知道了，就等於全村都知道了。

這麼一來，媽媽就會被當成觸犯禁忌的罪人，而老爸多年來為保守祕密所做的努力也等於白費，反而還成了幫罪人隱瞞的共犯。

「不過，結果怎麼樣，只有我們的委託人有權知道。如果你想知道的話，得經過委託人同意才行。」

看來夏駱可知道我在擔心什麼，所以他對漢森隊長這麼說。

「其實我倒也不是一定要知道，只是怕你們又跑去投訴而已……應該不會吧？投訴什麼的。」

「不會啦！以騎士團的水準來說，那個案子你們的確是盡力了。」

「哈哈哈！那就好……才怪！什麼叫以騎士團的水準？蛤？你給我解釋清楚喔！」

於是，夏駱可跟漢森隊長喝酒打鬧，小李跟鬍碴在一旁玩起「闇天堂大亂鬥」。

而我則有些話想跟梅菲說。

「梅菲！」

「唉呀！萊昂先生，您已經原諒我了嗎？」

「反正誤會已經解開，我當然已經原諒你了，只是我還有件事想問你。」

「既然萊昂先生大人有大量地原諒了在下，小弟我當然知無不言，您請問吧。」

「那個時候，我們的計劃不包含最後那個吧？」

「哪個？」

「就是朝我撲過來的第三隻守墓犬啦！」

「唉呀！那件事啊……那是一次試煉。」

「試煉？那看來我是沒通過嘍？畢竟我那時候被你給要得團團轉。」

「不不不，這並不是萊昂先生的試煉，是給我的老朋友的。」

「髑碴？」

「沒錯。事實上，聽了你的計劃後，我就想到借用你的計劃來安排這場試煉。真正的試煉，正是那第三隻守墓犬，結果那個笨蛋順利通過了。真是可喜可賀！如果他沒辦法為保護身邊的人做出一點犧牲，那我可就無法放任他繼續現在的生活了。」

「什麼意思？」

「我說梅菲，」夏駱可拿著香檳，走到我們身邊，「你真是多此一舉啊。」

「萊昂，還記得嗎？」夏駱可對我說：「那時飛過你耳邊，射向小狗狗的東西——」

「喂，夏駱可！這是怎麼回事啊？」

突然間，門口傳來敲門聲音，中斷了我們的談話。

夏駱可開門一看，是馬爾叔叔。

「公會裡來了十幾二十個人說要找你，他們一個個看起來都橫眉豎眼的，叫他們先登記也不好好照辦。夏駱可啊，你是不是又惹上什麼麻煩啦？」

「沒事的，馬爾會長。他們是事務所的客人。」

「你現在還接待團體客啊？」

「放心吧，你可以先回去，不會有什麼問題的。況且漢森大叔也在這裡。」

「好久不見啊，會長。」漢森隊長向馬爾叔叔打了個招呼。

「好吧……你可要保護好自己啊。你現在可是公會裡的新招牌，要是出了事，我可承擔不起啊。」

馬爾叔叔離開後，夏駱可對大家說：「他們應該快來了，大家做好準備。」

「可是夏駱可，我根本不知道要準備什麼啊？」我問。

「你就……準備爆米花跟可樂，好好坐著看戲吧……啊！差點忘了這世界沒有可樂。嗯……我曾經看過一本漫畫，主角竟然在沒有可樂的世界，用香菜、檸檬和蜂蜜做出來……我絕對不承認那種加了香菜的冒牌貨是可樂！嘔——」

夏駱可一邊自言自語，一邊拿著雙筒望遠鏡朝窗外看。

一分鐘以後，他對我們大喊：

「來了！行動開始！」

4

「各位！這裡就是那異教徒該死的據點！」

時間接近中午，由費拉帝率領大約十多名希神會成員，浩浩蕩蕩地來到初心村的偵探事務所。

「大家聽我說！」費拉帝對他率領的信徒們說：「這個自稱偵探的轉生者，不過就是幫貴族高官出了一些主意，居然就囂張起來了！大言不慚地承認自己是轉生者，毫無羞恥之心。他跟那些異世界來的惡魔一樣，都是從其他世界前來，打算破壞我們的安穩生活！這是女神大人給我們的考驗！我們唯有齊心協力，將他驅逐出我們的村子、我們的地區，才能通過考驗，讓女神大人看到我們虔誠的真心！」費拉帝對群眾演講著。

這時，夏駱可好像在跟漢森隊長說什麼悄悄話。

「真的不用我去制止他們嗎？他們看起來像是要把整棟事務所拆掉的樣子。」漢森隊長問。

「大叔就先照我說的做吧。」

費拉帝結束演講，一行人緩步靠近，包圍了事務所的大門口。

這時，費拉帝似乎看見了什麼東西，睜大了眼睛，伸長了脖子，用手抓了抓後腦杓，之後轉身對群眾說道：「各位看啊！現在擺在事務所門口的，就是異教的邪神！那個轉生者果然是不折不扣的邪教徒。我就告訴各位吧！四年前，我也曾看過邪教徒在膜拜這種神像，跟現在這個一模一樣。

「於是我受到女神的感召，在四年前的大市集那天，趁著無知的村民與邪教徒的同夥沉浸在節慶氣氛的時候，鼓起勇氣潛入邪神像擺放的地方，把邪神，用我受到女神加護的鐵拳，打個粉碎！」

「幹得好！」

「不要放過任何一尊邪神像！」

信眾們受到費拉帝的煽動，開始鼓譟起來。

「大家！大家！請聽我說完，精采的還在後頭。」費拉帝繼續說：「打碎邪神像的隔天，我看到報紙上寫，崇拜那尊邪神像的邪教徒，居然胸口開了個大洞，死在自己家裡。騎士團到現在還沒找到凶手，不過他們不可能找得到。哈哈哈……因為那是天譴！是女神大人給的神罰！」

費拉帝說完，信眾一片歡呼。

但我可聽不下去！他們把老爸的死當成神的懲罰，豈不是在說老爸是罪人，他死了是活該？

就算是素不相識的人，面對他人的死亡，這群人居然還能歡欣鼓舞？

我實在已經忍無可忍，恨不得現在就把這些傢伙全都痛扁一頓。

我握緊拳頭衝往事務所的大門。

但我在門邊停了下來。

如果我又被怒氣蒙蔽雙眼，肯定又會讓自己後悔莫及吧。

夏駱可既然說他有辦法，那就交給他吧。

我轉頭望向夏駱可，看見他從樓梯後面的後門走了出去。

「因此！現在！我要像當初一樣，破壞這尊邪神像！」費拉帝繼續說道：「讓那個囂張的轉生者偵探！也受到天罰！」

說完，費拉帝向門口衝了過來，舉起他的拳頭，能感受到他的拳頭上聚集了龐大的魔力。

他用力往前一揮。

鏗——的一聲，費拉帝的拳頭，似乎打在了什麼金屬製的東西上。

嘰——嘰——

還傳出了像是金屬摩擦的聲音。

「怎麼可能！邪神像……邪神像居然會動？」

「你說誰是邪神啊？」

費拉帝攻擊的目標，竟然是漢森隊長？

漢森隊長用盾牌擋下了費拉帝的拳頭，之後伸手抓住費拉帝，將他的雙手固定到背後。費拉帝的手關節發出嘎——嘎——的可怕聲響，他痛苦地哀嚎著。

原來夏駱可早就拜託漢森隊長先站到門口，還特別吩咐他先不要出聲，也不要輕舉妄動。

「你們遊行、吵鬧、胡說八道什麼的，我睜一隻眼閉一隻眼就算了。蛤？現在還公然襲擊騎士團的隊長？不要命了是不是？」漢森隊長對著費拉帝破口大罵。

「我……我沒有……我只是想打碎邪神像……我剛剛看到的，明明就是邪神像……」

費拉帝像是精神錯亂般喃喃自語。「對了！大家！各位兄弟姊妹！你們也有看到吧！我剛剛攻擊的是邪神像啊！」

費拉帝要求信眾們替他作證，換來的卻是一陣沉默。

沉默維持了一陣子之後，信眾開始騷動起來。

「咦，奇怪？剛剛在那裡的是什麼啊？」

「明明一直盯著，卻想不起來。」

「怪了？到底是邪神像還是隊長？你們有印象嗎？」

信眾們紛紛交頭接耳，但所有人好像都陷入了一種記憶混亂的狀態，居然沒有一個人能想起不過數十秒前的狀況。

「這才是天罰！」

突然間，信眾裡一個披戴斗篷、臉色蒼白的老頭大喊道：「我們都錯了！受到天罰的是我們才對！我們這一年來，不斷破壞別人的財產，欺壓信仰不同的人，把所做的一切惡行都當成獻給女神的供物。今天發生的怪現象，一定是女神看不下去了，才會給我們天罰！」

那個老人這麼說著，可是那個聲音實在非常耳熟。

那根本就是梅菲的聲音嘛！

老人語畢的瞬間，天空發出亮紫色的光芒，帶著雷電的烏雲從光芒中心展開，整片天空籠罩在烏雲跟滋——滋——滋——的電流聲中。

「怎麼會！……天空居然……難道真的是天罰？」

「不，我們錯了！請女神原諒我們！」

「我再也不敢欺負鄰居轉生者的小孩了……」

「我承認……馬車是我弄壞的……我懺悔……我願意去自首！」

信眾們紛紛跪在地上，磕頭膜拜。剛剛那位發表言論的老人，已經不見蹤影。

梅菲則不知道什麼時候回到了屋內，站到我身旁。

「怎麼樣，萊昂先生，精采吧！那群人真是容易操弄，唬個幾句就相信了。」

「梅菲，你用『虛偽表象』讓費拉帝以為漢森隊長是石化了的媽媽，對吧？」

梅菲露出詭異的笑容說道：「正是！偵探先生說，如果那個費拉帝就是犯人，依他的個性，肯定會再破壞一次。」

「那個雲也是夏駱可弄出來的吧？他人呢？」

「偵探先生正在事務所後頭，奮力甩著寶劍呢。」

「那為什麼信眾們，會忘記自己看到的是雕像還是漢森隊長？」

「唉呀！這我就不知道了。」

這時翳碴走到我們身邊。

「哈哈！太好了，老大！真是大快人心啊！」他一邊說著，還一邊摩擦他的戒指，發出吵雜的噪音。他的戒指昨天不是都炸掉了嗎？難道他準備了備用的？

「喂，這裡沒你們的事了！」漢森隊長見場面混亂，對趴在地上嚎啕大哭的希神會成員們說：「你們趕緊回家！否則連你們一起逮捕！」

信眾們聽見後，紛紛作鳥獸散。

信眾離開後，烏雲也散開了，夏駱可從事務所後頭走了出來。

我們也走出事務所，湊到夏駱可和漢森隊長身邊。

「大叔啊，我早就料到他們今天會來，而且還會演變成暴力事件，所以才叫你來的。沒想到這傢伙不長眼睛，居然直接攻擊騎士團的隊長，真是嚇壞我了！」夏駱可一邊奸笑一邊說道。

「費拉帝！你這次可完蛋了，襲擊騎士團可是重罪。可別以為這次會像之前一樣輕易就放你出來，你做好蹲個十年苦牢的覺悟吧。」

漢森隊長說完，便把費拉帝帶離了我們的視線。

這麼一來，事情就結束了，我也準備要回仲介所工作了。

「喔喔喔喔喔——」

突然間，夏駱可發出奇怪的叫聲。

轉頭一看，他的身上發出藍色的光芒。

「太棒了！好久沒來啦！」

那是冒險者升等的時候，會發出的光芒。

夏駱可的頭頂冒出一塊白色邊框的視窗。

「來了、來了！這次會升幾等呢？」

視窗內顯示：LV.51。

「蛤？怎麼才升一等？」

「唉呀！已經很好了吧？偵探先生。」梅菲拍拍夏駱可的肩膀說道：「偵探先生都多久沒有升等啦？上次升等我記得是……」

「是半年前。半年前，那個月黑風高的夜晚，我在公爵家的屋頂上，抓住分屍案凶手的時候。」夏駱可說：「我記得很清楚，那時正好是午夜時分。那次我可是一口氣升了五等！」

「對！就是狗吃屎那一次！」梅菲補充說明道。

「梅菲！我不是說了嗎？不准再提狗吃屎了！」

「真是太好了，萊昂老大！」鬍碴走到我身旁對我說：「老大心中的疑問有了答案，惹麻煩的傢伙受到懲罰，就連偵探大師都升等了。真是最完美的結局，對吧？」

「是沒錯，那我們差不多也要回去工作了。」

「咦，還要工作？今天不是休所一天嗎，老大？幹麼那麼急著回去？你不是最討厭上班了嗎？」

「仔細想想，或許我並不討厭仲介所的工作。」

我現在終於明白，每當我替冒險者找到合適的任務，油然而生的那種奇妙感覺是什麼了。

是愉悅，是成就感。

我總是把這從天而降的工作當成災難，從來沒有坦率地享受它所帶來的快樂。

「總而言之，我現在非常想要快點回到仲介所。鬍碴如果還想放假的話也沒關係，下午我一個人上班就好了。」

「我怎麼可能丟下老大嘛，我們一起回去吧！」

終章

鬍碴的名字

1

「……以上，就是上半年仲介所的營運狀況。」

跟夏駱可他們一起查案，已經是一星期前的事了。今天，馬爾叔叔來到仲介所，我們結束了之前沒完成的報告。

「萊昂啊！你今天的報告很順暢啊，看來你的狀態恢復得不錯。」

「是啊，知道真相後，就像放下心中的大石頭，工作起來，心情也變好了。」

「那真是再好不過了，但是——」

「會長，這是您的咖啡，幫您放桌上嘍。」

「我怎麼覺得——」

「萊昂，你要我整理的東西我做好了，還有什麼地方需要幫忙的？」

「仲介所——」

「收垃圾……收垃圾……吃完蛋糕的垃圾丟這裡……」

「仲介所怎麼多了這麼多人？我甚至覺得有點擁擠了。」

馬爾叔叔環顧著為他送上咖啡的女士，從二樓抱著一疊文件走下來的老人，以及一個拿著垃圾桶收垃圾的中年男子。

「萊昂啊，你是不是申請到什麼特別經費啊？怎麼多了這麼多幫手？如果能申請，拜託教教我老人家，我們公會也挺缺錢的啊！」

「並沒有什麼特別經費喔，馬爾叔叔。這兩位是來幫忙的志工。」

「居然還有辦法找來志工？你這小子不簡單啊。」

「這也是多虧了這趟調查呢！這位是老爸以前的好友，納維斯村小酒館的前任老闆娘，米格蘭阿姨。因為酒館已經交給別人經營，回到初心地區之後閒來無事，就來這裡幫忙接待客人。

「這位則是盧迪斯・弗雷門，老爸以前的上司，因為他熟悉任務部門的文書處理，所以我請他有空的時候，來幫忙做一些雜務和整理文件。」

「那這位歪鼻子的清潔工是？」

「他是蒙斯塔摩，騎士團列管的犯罪者，因為被發現試圖逃脫觀察區未遂，所以被判服社會勞動，於是我跟漢森隊長商量，讓他來我這裡打掃……喂！蒙斯塔摩，趁我跟會長講話的時候偷懶啊？我不是說過垃圾要分類嗎？居然把吃剩的蛋糕跟用過的叉子裝在一起，以為我沒看到啊？」

「蛤？臭小鬼！竟敢對我頤指氣使的……」

「你在碎碎唸什麼？要不要我去跟梅菲說，你對這裡的工作有意見啊？」

「沒……沒有！我怎麼會有意見，只是不小心放錯了，我馬上把它們分好！」

「哈哈哈，這還真是不錯呢！」馬爾叔叔拍拍我的肩膀，「現在多了這麼多人力，你也可以多休——」

「萊昂老大！各位！我回來啦！」

一聲宏亮的喊叫，打斷了馬爾叔叔的話。

「這次我只晚了五分鐘回來，真的是越來越準時了呢！」出去吃午餐的鬍碴，又過了午休時間才回來，真是一點也沒變。

「鬍碴，你的時間觀念是上次分手的時候，被前女友帶走了是不是？」

「老大！你明知道我沒交過女朋友，還這樣調侃我，真是不厚道。」

「我看我先回去吧。」馬爾叔叔站起身說道：「等我走了你們再慢慢吵吧，年輕人真好啊！這麼有精神。」他邊說邊離開了仲介所。

「唉呀老大，我會晚回來是有原因的，因為在路上遇到了一些朋友嘛。」

「朋友？」

正當我想問清楚是誰，就聽見門口傳來喧鬧的聲音。

「唉呦！這不是夏駱可嗎？生意越做越大啦？聽說你幫萊昂解決了他爸爸的案子？」

「哈哈，正是如此，馬爾會長。我就是來看看那件事結束之後，萊昂的狀況怎麼樣。雖然案子是解決了，但事後關心委託人，一直是我們初心村的偵探事務所堅持的優質售後服務。」

原來是夏駱可！

我趕緊開門邀請他們進來。夏駱可、梅菲、小李都來了。

「萊昂，這幾天過得怎麼樣啊？」還沒來得及請他們坐下，夏駱可就急著問。

「託你的福，終於可以專心工作啦。而且工作起來，比之前更快樂。」

「是嗎？那真是太好了，但是這裡人怎麼這麼多？」

我將剛才跟馬爾會長說的，再向夏駱可他們說明一遍。

「多虧大家分擔一部分的工作，我現在多了一些空閒時間。因此我找了以前在學校當助理時的教授商量，他決定讓我每個星期在學校開一堂歷史講座。如此一來，我的夢想也算是得以實現，還能兼顧老爸留給我的仲介所。」

「哈哈，那真是太好了，我還在擔心你們人手不夠呢。畢竟你們以後可能要越來越忙了。」

「咦，為什麼？」

「唉呀！萊昂先生還不知道啊？你真的應該恢復看新聞的習慣了。」

梅菲拿出今天出刊的《帝國大事》周刊，翳碴一把接了過去。

「快！你們翻到二十八頁看看。」小李興奮地催促我們。

「我看看……又一位LV.500的冒險者？驚傳『最高九人』將變為『十人』？一週前，駐紮邊境的——」

「唉呀，不是那一篇，是右下角那篇。」

「早說嘛！右下角是嗎……爆紅蒙面裸體舞蹈藝術家專訪……欸老大，這不是上次來我們這邊找任務的那個客人嗎？」

鬍碴將周刊交給我，我仔細閱讀。

原來，之前在仲介所接下脫衣舞任務的那位冒險者，前幾天在卡艾希伯爵夫人的派對上大受歡迎。許多王公貴族對他的表演讚不絕口，不僅一夕爆紅，伯爵夫人更是將他聘為專用表演者。

周刊記者聽聞消息，便找上門採訪。

在採訪中，記者問到他是如何走上裸體舞蹈這條路的，他把在我們仲介所接到任務的事詳細說明，還大力推薦了我們仲介所。

在《帝國大事》這等發行量的周刊被推薦，接下來可能真的要忙起來了。

「不過啊……」夏駱可從我手中拿回周刊，看著那篇採訪嘀咕：「如果要跳脫衣舞，我覺得還是梅菲比較適合。」

「蛤？為什麼啊，偵探先生，我哪裡適合跳脫衣舞啦？」

「名字啊，因為……梅菲跳色舞……眉飛色舞！哈哈哈哈哈哈！」

夏駱可說了一句我聽不懂的話，就自顧自地狂笑了起來。

這讓我回想起在仲介所說完老爸的事之後，夏駱可也說了個讓人一頭霧水的笑話。

當時我還以為他是想惹火我呢。

但現在想想，那個時候我說完那件事，臉上是什麼表情呢？

憤怒？傷心？悔恨？

不論是哪一種，肯定都不太好看吧。

夏駱可大概是發現了這一點，才會想要說笑話來緩和氣氛。

只不過他的笑話真不是普通的難懂。

「唉呀！真是的，偵探先生，你又在瑪基歐魯斯講這種中文諧音笑話，我看要剛好遇到聽得懂的人，比被隕石打中還要難。要不是因為我精通各個世界總共五百多種的語言，包括幾種非洲土語以及一種西藏康巴族的鼓語，不然我也沒辦法像這樣精準地吐槽你。」

「梅菲……我說你啊，該不會還自幼受過極為嚴格的中國武術訓練吧？」

「說不定喔！」

「你的過去還真是令人好奇，你到底打算什麼時候告訴我啊？」

「這個嘛……等我們的故事快要完結的時候吧。」

「什麼故事？我們又不是什麼小說的主角！」夏駱可這麼抱怨道。

2

不知不覺，我們已經站著閒聊將近十分鐘了，突然間，我感覺到一股力氣把我從門口推到門外。

「小萊昂，這裡就交給我們吧。」原來是米格蘭阿姨，她做了個俏皮的鬼臉說：「你們去找個地方慢慢聊吧，今天是小萊昂的生日吧？還不趕快去慶祝一下！」

於是，在米格蘭阿姨的建議下，我將仲介所暫時交給阿姨與弗雷門先生看管。

我們跟夏駱可一同前往熟悉的屠龍者麵點。

我們吃飯、聊天，夏駱可還開了幾瓶酒。

「原來今天是你生日啊！」夏駱可對我說：「來來來！盡量喝！今天你喝的都算我的！別客氣！」

「那大師我就不客氣嘍。服務生！幫我開一瓶四百八十年的蛇酒！」

「喂，鬍碴！那瓶你自己付，我只說要請壽星。」

大家一邊暢飲一邊嘻笑時，我突然想到有件正事一直忘了提。

「對了，夏駱可！我還沒給你酬勞呢。」

「不用了，你是我的恩人，也是我的朋友，馬爾會長又叫我算你便宜一點，就不收錢了！況且這次讓我升了一等，收穫已經很多了。」

「這樣啊，那謝謝你了！」

吃飯喝酒是讓時光飛逝的最好方法，大家就這樣沉浸在歡快中，誰也沒有發現天已經黑了，直到服務生告知我們即將打烊。

「再見了，萊昂！還有想不通的事，隨時都可以來委託我。」

道別之後，我跟髫碴兩人走在回仲介所的路上。

「唉——以後可能就沒有這麼悠閒的日子了。」髫碴邊走邊發著牢騷。

「對了，髫碴，我有東西要給你。」

我從口袋裡拿出一個長方形的盒子，交給髫碴。

「咦？老大，今天不是你生日嗎，怎麼反而是你送我禮物？」

「你給我的生日禮物，我上星期已經先收了。這算是回禮。」

「哇！萊昂老大居然會送東西給我！盒子上還綁了緞帶？老大不是最瞧不起這種華而不實的裝飾嗎？你是誰？你把我的老大怎麼了？」

「囉嗦！只不過是……把你當成凶手……有點……不好意思啦。」

「哈哈！那我就收下了！」

鬍碴迫不及待地解開緞帶，打開盒子。

「哇賽！這個是！」他看到盒子裡的東西後，激動叫道：「傳奇忍者飛刀！而且……這個……不是復刻版！是初版的超稀有限量品！」

「厲害吧，我可是找了好幾天呢！」

「可是老大……這超貴的吧？」

「錢不是重點啦！你之前很珍惜的那把，炸掉了吧。」

那天在事務所，跟梅菲還有夏駱可說完話之後，我想起了那時用眼角餘光瞥見的那個銀色物體。

「你看到我被攻擊，毫不猶豫地丟出自己寶貝的收藏品，救了我一命。結果我不但沒感謝你，還把你當成凶手，對你大呼小叫，甚至把你壓在地上打……」

「真是的，現在還提那個幹麼？那只是誤會而已。再說，刀子跟老大，當然是老大比較重要嘍！」

「不過鬍碴……經過這次事件，我才發現自己好像一點都不了解你。你住在哪裡，也是最近才知道；畢業後有沒有加入哪個公會，我一點印象都沒有，甚至……」

「甚至怎麼樣？」

「我甚至不記得你的本名……哈哈，很糟糕吧？老闆不記得員工的名字，已經夠過分了，更何況我們還是朋友。所以啊……你可以再告訴我一次嗎？告訴我你的本名。」

「抱歉……現在不行。」

「蛤？為什麼？」

「老大……不好意思啦！現在就請你忘了這件事吧。總有一天我會告訴你的。嗯……按照梅菲的說法，就是故事快完結的時候吧。」

說完，鬍碴摩擦起他的戒指。

嘰——嘰——

尖銳的金屬摩擦聲像要刺穿耳膜般，鑽進我的腦袋。

等等！這個聲音，我好像在哪裡聽過？

是在哪裡呢？

在哪裡……

咦，奇怪？我剛剛在想什麼？

我好像在問鬍碴什麼問題。

「欸，鬍碴……我剛剛在問你什麼啊？突然想不起來。」

「真受不了欸！老大，你是少年痴呆嗎？

「你剛剛在問我要去哪裡續攤啦！就去吃狼肉火鍋吧。難得收到這麼貴重的禮物，火鍋我請客，怎麼樣？」

Extra

第十名冒險者

1

瑪基歐魯斯，若要用當今地球人或許會覺得老套的說法介紹，就是爛俗輕小說常出現的那種劍與魔法的異世界。

從異世界……這裡指的是對瑪基歐魯斯來說的異世界，也就是異世界的異世界……不是地球的那個……反正就是從不知道哪裡，某個很神祕的地方，出現了由魔物和惡魔組成的魔王軍。

魔王軍毀滅了原本稱霸世界的人類帝國，後來在冒險者的努力下，經過二十多年的奮戰，帝國才又重新建立。從那時起，新帝國放棄了以皇帝年號紀年的方式，統一採用帝國曆，帝國曆元年便正式開始。

新帝國奪回了約三成的領土，魔王軍仍舊占領著整個星球六成的土地，剩餘的一成則隸屬於其他種族，由數個小國分治。

這樣的狀況，持續了約五百年。

但近年來，人類結盟其他種族，對魔王軍展開了一次又一次的反攻。直至今日，人類與其他種族的聯盟奪回了世界一半的領土。

如今，人類方氣勢正旺，如虎添翼似的，又有一名傳奇冒險者橫空出世。

只知道三年前，他在一個名為初心村的鄉下小村子成為冒險者，除此之外，他的身世一切不明。

一開始誰也沒想到，這麼個出身帝國邊陲、來路不明的年輕冒險者，居然在某一時期開始等級狂升，之後戰無不勝，成為帝國萬千少女的憧憬對象，並煩惱著每天收到的大量情書，究竟是要當壁紙貼牆還是要當柴火燒了取暖。

他便是——亞瑟。

亞瑟·邱森萬·蓋瑞蘇，人稱「被眾神眷顧的天才」。

三年前成為冒險者後，他僅用一年半的時間便達到LV.200，驚人的升等速度，在瑪基歐魯斯前所未見。

LV.200後，他離開初心村，加入帝國的軍隊，在入隊測試時，毫不意外地弄爆了測試用的魔水晶，得到了一個「無法測量」的結果。

之後他南征北討，捷報連連，為帝國收復眾多失土。現在，年僅二十一歲的他，是帝國邊境駐紮大隊的隊長，等級高達LV.499。

只需再贏下一場戰役，這位英雄就能達到滿等——LV.500。

2

一週前，邊境地區的魔王軍動作頻頻，他們聚集了數量驚人的軍隊。龐大的戰力，眼看就要壓境而來。

駐紮邊境的亞瑟等人頑強抵禦了一個星期，然而魔王軍不斷調來增援，黑壓壓一片的大軍，目測數量超過邊境大隊的十倍。縱使亞瑟能以一擋百，也不可能擋下全部的魔王軍，想必會有漏網之魚進入內地。

亞瑟趕緊向中央要求增派支援，然而最近的增援，最快也得花整整兩天的時間才能抵達。

「還要兩天！這根本來不及！魔王軍說不定下一秒就會發起總攻擊，到時候防線肯定會被突破！」

「我們知道，所以除了援軍，也通知了『最高九人』，在附近的成員應該馬上就會趕到。」

「最高九人」，是九個LV.500的冒險者、隸屬帝國的最強戰力，他們每個人都有自己的稱號……

「螺絲人」、「動物園」、「屍人莊」、「眼之壁」、「怪胎」、「天慟」、「占星術」、「剪刀男」、「雙頭魔」，這九個人雖然是冒險者，卻獨立於公會、騎士團、正規軍之外，能夠自由行動，不受任何人管轄……不，應該說沒有人能管得住他們。

「只派幾個人來，真的有辦法應付現在的狀況嗎？據說他們一人就能匹敵千萬大軍，希望真是如此。若是防線被攻破，只要有一隻高等惡魔跑進村莊，整個村莊都別想要看到活人了。」亞瑟暗自心想，沒有說出來，便切斷了通訊。

亞瑟煩惱著，該怎麼阻止惡魔進入村莊。

只是他怎麼想，也想不出辦法。

只能眼睜睜看著自己駐守的邊境，成為惡魔長驅直入的破洞。

「可惡！為什麼那些惡魔總是喜歡打仗？明明占據了世界一半的資源，難道還不夠嗎？要是他們滾回魔王城，好好地過自己的日子，說不定人類與魔族還能和平共存……拜託你們了，惡魔們，快滾回去吧！」

亞瑟想到這裡，便覺得頭殼發熱，頭暈目眩。

「老毛病又犯了，偏偏在這時候，明明已經半年沒發作了。啊……撐下去啊！我的身體。」

「隊長，您沒事吧！」

亞瑟痛苦地跪下，抱著疼痛欲裂的腦袋扭動著身體。

突然間——

「隊長……魔王軍撤退了！」

前線的偵查兵，竟傳回魔王軍撤退的消息。

亞瑟趕緊起身，顧不得頭殼的劇痛，急忙站上城牆。

原本密密麻麻、不停向前推進的魔物們，居然原地四散。

「隊長，太好了！他們開啟了回魔王城的傳送門，回去了！」擁有「千里眼」法術的偵查兵欣喜地說道。

「隊長！要趁他們撤退的時候追擊嗎？」

「不！先不要輕舉妄動。太詭異了，他們明明在數量跟平均等級上都占盡優勢，為什麼突然撤退？肯定有陷阱。」

正當亞瑟低頭沉思的時候，他發現自己身上發出耀眼的藍色光芒，頭痛也消失了。

「這是……」

亞瑟看著自己的身體，困惑地低語：「居然升等了？這樣也算戰勝嗎？」

「太厲害了！隊長升等了！」

「敵人撤退，隊長又升等，真是好事成雙。」

部隊的士兵們紛紛對亞瑟表達祝賀，但亞瑟卻高興不起來。

「敵人是自己撤退的，根本不算贏了。老實說，我剛才一度以為自己今日恐命喪於此，在這種狀況升等，真是丟臉。」

「怎麼會呢？別這麼說！隊長一定就是神選之人，命中注定的救星，您就是出生來拯救世界的！」

「沒錯！隊長一定就是那種勇者傳說裡面的勇者，史詩故事的主角。」

眼見士兵們越說越誇張，亞瑟只能無奈地搖搖頭。

其實他根本不想當，也不認為自己是什麼勇者、主角。

加入帝國軍後，不過一年多的時間，他歷經了數量多到可怕的戰役。雖然幾乎都因為他的加入而扭轉戰況，死傷也都控制在最少，但每次總還是會有人死去。

每當看見又有士兵死去，他總是懷念起當時在初心村，解解任務，跟朋友打鬧，那種距離死亡、殺戮還很遙遠的日子。

如今他不可能回去，因為帝國已經不能沒有他。

「唉——不知道初心村的大家現在過得怎樣？夏哥跟梅菲的偵探事務所，經營得還順利嗎？」

亞瑟在心中嘆了一口氣。他暗自想著家鄉的朋友們，但就是因為朋友們的存在，他更不能離開戰場。若是沒有自己擋下敵人，那故鄉的人們又怎能過上安穩的生活。

「你就是亞瑟吧？我都看到了！雖然不知道你是怎麼辦到的，但你挺厲害的嘛，居然能逼得他們連滾帶爬地逃走。」

一個陌生的聲音，打擾了亞瑟的思緒。

「請問你是？」

亞瑟眼前是一名肌肉發達的壯年男子，理了個大光頭，身材高大壯碩，目測有一百九十公分以上。他赤裸著上身，露出結實的肌肉，凸起的胸肌看起來像鐵塊般沉重堅硬，六塊分明的腹肌似乎連重弩也射不穿，兩條壯碩的手臂簡直跟一般成年男子的大腿一樣粗。

他下半身穿著一條小短褲，露出象腿般的雙腳。這樣的打扮，在瑪基歐魯斯未免過分暴露，其他的士兵都以異樣的眼光審視他的穿著。但若是在地球，那打扮與身材會令人直接聯想到某一種身分的人——那便是格鬥選手。

「喔！看來你不認識我？我叫納歐亞，本來是來支援的，不過看樣子不需要了。」

納歐亞說出自己的名字，亞瑟才想起自己見過眼前的這張臉。

納歐亞．羅梅羅，綽號「怪胎」，是「最高九人」之一。

亞瑟仔細一看，果然，納歐亞的腰間別著一個直徑約二十公分的小鐵盤。那便是專屬最高九人的「識別證」，是帝國頒發給他們，世間僅有九面的特製小型盾牌。

「幸好你讓他們撤退了，幹得好。」納歐亞說：「『最高九人』中，離這裡最近的一個正好是我，其他人不是要事纏身，就是愛來不來的。原本我還很擔心，因為聽說有大軍壓境。單挑我是絕對不會輸的，但是帶兵作戰或是大範圍的攻擊法術都不是我的強項。不過既然他們被你趕走了，那我也就不用擔心了，哈哈哈！」

說完，納歐亞將手伸向亞瑟，亞瑟明白了他的用意，將他的手一把握住。

「恭喜你！還有……歡迎加入！」納歐亞熱情地握住亞瑟的手，說：「你剛才升上了LV.500對吧？那麼從今天起，你就是『最高九人』，不，加上你之後應該是『最高十人』，你就是其中的一員了。帝國方面應該很快就會安排，讓你享有與『最高』相符的待遇，我們就一起為人類努力吧！」

「可是……我……我真的有那個資格嗎？」

「怎麼會沒有？等級是騙不了人的，你剛剛可是贏了一場硬仗，漂漂亮亮地升上LV.500。」

「不！這次是魔王軍自己撤退的！我根本不曉得為什麼……對了！我記得之前也有一次，魔王軍在有極大優勢的狀況下，忽然就撤退了……跟現在一模一樣。我記得是半年前，那天的午夜——」

「別想了吧！」納歐亞看到亞瑟苦惱的樣子，拍拍他的肩膀，對他說：「無論如何，你的努力值得肯定。我們只能，也只需要在自己的能力範圍內盡量努力就行了。這個世界有太多事是怎麼想也想不通的……總之！再一次恭喜你了，『最高十人』的亞瑟！『那傢伙』應該很快就會幫你取個稱號吧……」

3

「妳這個廢物！還有臉回來啊！」

震耳欲聾的一聲怒吼，響徹了整座古老陰森的城堡。

城堡那有如肉塊般血紅的牆壁，受到聲波衝擊而震動著。天花板上倒掛的蝙蝠們，也被突如其來的聲響嚇得四處逃竄。

這裡是魔王軍所在的城市——「魔王城」。

而魔王城裡的這座城堡，便是魔王的住所——「朱肉滿蝠堡」。

「為什麼撤退了？為什麼回來了？明明有著巨大的優勢，為何選擇丟臉地落荒而逃？妳這樣還算是『十誡』嗎？」

王座上，一名面貌凶惡，滿臉鬍鬚，長著三眼三臂的男子問道。

「報……報告代理魔王大人——」那名被稱作「十誡」的惡魔回答道。

突然間，王座上的男子伸長了他的第三隻左手，那隻怪手像蟒蛇一般蜿蜒伸長，掐住了那名惡魔的脖子，將她拎到半空中。

男子坐在王座上，用他臉部左側的第二隻左眼，狠狠地瞪視雙腳離地、痛苦掙扎的那名惡魔。

「朕說了多少遍？要你們把那兩個字去掉。」

「小……小的知道了，請……請饒了我吧！代理大人！」

「妳這個白痴！是叫妳把代理去掉！不是把魔王去掉！」

男子將惡魔狠狠地摔向地面，並用腳踩住她的頭。

「算了，跟你們這群白痴計較也沒有用。反正不管你們怎麼稱呼，現在實質上的魔王就是朕。」

說完，他一腳將惡魔踢得老遠，並蹺起二郎腿。

「繼續說吧，為什麼撤退了？」

被踢飛的惡魔聽到後立刻起身，恢復單膝跪地的姿勢，擦了擦嘴角的血說：「因為『諭令』！身體自動起了反應，只好暫時撤退，就像半年前那次——」

「可惡！」男子再次怒吼。

「那傢伙的力量，已經恢復到這種程度了嗎？這次的作戰，比起半年前，規模不知大了幾倍。他居然已經……有對如此大規模的軍隊全體下達『諭令』的力量！」

「除此之外，代理魔……不，魔王大人，『諭令』的效果還在持續，我們不知道會維持多久。恐怕短時間內，無法再對人類發起大規模戰爭了。」

「那傢伙……到底躲到哪裡了……好！朕要成立新的搜查部隊，就由妳來擔任隊長，一定要給朕把那傢伙找出來。」

「可是代……魔王大人，搜查部隊每次都全軍覆沒——」

「還是妳想現在就死在這裡？」

「代理……不，魔王大人，小的當然很樂意接下這個職務。」

「妳放心吧，十誡之九——『欺瞞之友』——特洛芙·玲恩。這次我將召集全部十誡，讓他們全部加入搜查隊。」

「可是代理魔王大人！讓十誡全部加入搜查隊？我可管不動十誡的其他人啊！能不能找到他們都是個問題啊！」

「叫妳做就去做！還有，妳剛剛叫我什麼了？」

「沒……沒有的，魔王大人，小的剛剛叫您魔王大人，絕對沒有加上代理兩個字。」

「廢話真多，還不趕快去聯絡其他十誡。」

「小的馬上就去！」

惡魔轉身化為煙霧，離開了朱肉滿蝠堡。

「真是衰到家了啦！嗚嗚嗚！」在確定離開男子的視線範圍後，惡魔特洛芙．玲恩，一邊流淚一邊開啟機關槍式的抱怨。「都是前魔王大人害的！沒事選我當什麼十誡！福利沒有，責任卻變得有夠多。這次也是，我根本不想跟人類打仗，卻因為這個頭銜被任命為指揮官。本來以為有理由可以撤退了，沒想到回來還要被臭罵一頓。現在又天降一個重擔到我柔弱的肩膀上，早知道那時候就留下來繼續打了，那個『諭令』的強度根本還不足以影響我。」

玲恩長嘆了一口氣。「唉——當務之急還是趕快聯絡其他十誡。真是的！為什麼別人當十誡都當得那麼輕鬆啦！整天給我搞消失，這次出戰也是，其他十誡搞消失的搞消失，已讀我的已讀我！他們都不怕被代理魔王罵嗎？要是沒有那個白痴弟弟，我也能活得那麼自由嗎？嗚嗚……想到以後要跟這些人共事，回家還要看到弟弟那張蠢臉……」

玲恩扶著牆壁，在牆角抱著肚子蹲下。

「嗚嗚嗚……我的胃好痛。前魔王大人，你到底跑去哪了？」

作者後記

感謝各位讀者讀到這裡，初心村的故事總算是以長篇的形式跟大家見面了。

這是我人生第一部長篇作品，寫完當下非常驚訝，原來自己能寫出那麼多字。瞬間有種「自己變得越來越能寫」的錯覺，然後現在後記又不知道要寫什麼，呵呵。而且自從開始上班到現在，第二集的大綱明明就寫好了，內容卻一個字也沒有增加，深刻體會到自己還是從前那個騙吃的少年。

在這本作品裡，除了呈現一個有點不可思議的案件外，我還試著埋下一些伏筆，提及了一些日後會登場的神祕角色。瑪基歐魯斯這個魔法世界似乎有什麼大事要發生，這個世界本身好像也有什麼不可告人的祕密，一切的發展都在我的腦子裡了，只是它現在以非常緩慢、慢到幾乎沒在動的速度化為文字……怎麼會這樣呢？一定是新買的鍵盤太難用了！最近為了節省空間，換了一個比較短的鍵盤，但因為按鍵的排列太緊密，一直按到隔壁的鍵，讓我現在一邊打這篇後記一邊感到十分惱火！一定是因為這樣才寫這麼慢！如果大家知道有哪個長度在四十公分以內，有數字鍵，又不會讓人一直按錯的鍵盤，歡迎推薦給我，或許我可以把你的名字放在下一集的特別感謝名單裡。

說到感謝名單，這裡就要特別感謝博識出版，在出版許多正統推理作品之餘，還願意出版這種四不像的拙作。也要特別感謝編輯的栞小姐跟冬陽理事長，感謝兩位對第一次出版長篇作品的我給了許多幫助，也感謝其他所有對這本書付出心力的人。我還想感謝這本書的繪師，Gene老師，由於老師畫的夏駱可實在太帥了，我正在考慮往後多幫他添加帥氣的戲份。「乾脆真的讓他獲得什麼神奇的力量，變成大殺四方的異世界龍傲天好了！」我正陷入要不要這樣做的困境中……以前經常聽說編劇因為演員表現亮眼而修改劇本，我現在有點能體會他們的感覺了。

最後還要感謝B'z、X JAPAN、Guns N' Roses、Michael Jackson、披頭四，還有輕井澤山間某條溪流的流水聲，如果沒有一邊聽著他們一邊寫作，這篇作品說不定會變成完全不同的模樣呢。

想說的話大致就到這裡了，本來想寫個有哏的後記，但寫著寫著就變成這樣了。總之，希望能趕快再次與各位見面，我們下集再見吧。

國家圖書館出版品預行編目 (CIP) 資料

初心村的偵探事務所：那天,他失去了心 / 會拍動著；
-- 初版. -- 新北市：博識圖書出版有限公司, 2022.09
面； 公分
ISBN 978-626-96481-0-8（平裝）

863.57 111012872

TR009

初心村的偵探事務所：那天，他失去了心

定價 350 元

2022 年 9 月 初版 1 刷

作者　會拍動
封面繪者　Gene
特約編輯　許鈺祥
責任編輯　楊詩韻

總編輯　陳瑠琍
主編　黃炯睿
資深編輯　顏秀竹
編輯　黃婉瑩・蔡若楹
美術設計　嚴國綸
行銷企劃　李皖萍・楊詩韻
出版者　博識圖書出版有限公司
劃撥帳號　19599692・博識圖書出版有限公司
總代理　眾文圖書股份有限公司
　　　　新北市 23145 新店區寶橋路二三五巷六弄二號四樓
網路書店　https://www.jwbooks.com.tw
電話　(02) 2369-9978
傳真　(02) 2369-9975

Printed in Taiwan

ISBN 978-626-96481-0-8